KB164678

일본을 뒤엎은

TKO

이상곤 지음

일본을 뒤엎은 TKO

너희 일본은 역사 앞에서
그 죗값을 어떻게 치르려고 하느냐?

닻별

등장인물

이상호 1926년생 태극단장 개구쟁이
이상용 1928년생 동생 새침데기

이권수 1905년생 아버지
정태희 1909년생 어머니
이진희 1879년생 할아버지
정태진 1914년생 외삼촌
외할머니

마루야마 아끼고 – 이상호 여자친구

아끼고 아버지 – 경북 경찰국 정보과장

아끼고 엄마

시바타 엔도 – 아끼고 외삼촌 제로센 조종사 출신 조종사교관

오까 히사시 – 대구상업중학교 8대 교장

다케나가 가즈키(염창섭) – 경북 도지사

(재임기간: 1943년 9월 30일~1944년 8월 17일)

태극단 동지들 – 김상길, 서상교, 김정진 등

차례

1부 1939년

2부 전쟁의 심화

3부 젊은 투사들

4부 대단원

후기

1부

1939년

설 전날

얼씨구씨구 들어간다
절씨구씨구 들어간다
작년에 왔던 각설이
죽지도 않고 또 왔네
앞문으로 들어가니 개가 물고
뒷문으로 들어가니 몰매 맞네
어얼씨구씨구 들어간다
품바허고 잘도 헌다

– 각설이 타령

상호도 춤사위에 끼어들어 한바탕 흔들어 대는데
통통한 몸매와 익숙하고 과장된 몸짓이 우스꽝스럽고
몸동작이 박자와 리듬에 딱 맞아 떨어지니
지나가며 구경하는 사람들의 즐거운 눈요기가 되었다.
목소리 또한 톤이 좀 높지만 구절구절 막히는 데가 없고
고비고비의 소리 특유의 색깔도 잘 맞추었다.
이는 꾼들이 명절 때만 되면 찾아와서 놀고 가는데
몇 번 보고 듣고 평소에 장난삼아 흉내 내어 연습도
해보며 혼자서 익힌 탓이리라.

꾼들이 집 앞에서 신나게 한바탕 타령놀이가 끝나니
아버지가 차례준비음식으로 한상 크게 차려주고
막걸리 한 도가니에 용돈도 후하게 준다.
꾼들이 오랜만에 좋고 기름진 음식에 술까지
배불리 먹고서는 좋아서 입이 헤 벌어지고.
그들을 돌려보내고 상을 치우게 한 뒤에
아버지가 상호에게 한 말씀 하셨다.

"그들이 온 동네를 돌아다니며 타령놀이를 하고
밥 먹고 술 마시며 많은 사람들을 만나 이야기할 때에
그들이 그때에 반월당앞 대서소에 대해
좋다 하겠느냐 나쁘다 하겠느냐?
많은 사람들의 입에 오르내려서 좋게 기억되면

그 사람들이 무슨 일이 있을 때 우리 대서방을 찾겠지.”

상호는 아버지가 속셈이 있음을 알았다.

설달그믐날 가족들이 모여 앉아 오손도손 이야기에
잠이 들면 눈썹이 하얘진다고 놀리고.

저녁 먹고 형제들이 큰 이불을 펴서 그 안에 발을 집어넣고
오늘은 무슨 일이 있더라도 절대 자지 않고 밤을 새우리라
다짐하며 둥그러니 둘러앉았다.
온돌방 바닥은 초저녁부터 장작불을 지피니 따뜻해지기 시작해서
금방 펄펄 끓는데 책상위의 대접에는 꽁꽁 얼어붙은 얼음이
한겨울 날씨를 대변하고 있었다.
이불속은 너무 뜨겁고 이불밖은 너무 차가와서 동생들은
양말을 겹겹으로 신고있고 뺨은 차가운 방안 공기탓에
빨갛게 물들었고 손은 호주머니에 넣고 배를 껴안고 있으니
오뚜기 모양새가 되어 못난이 인형들 같아 보였다.
큰형인 상호가 슬그머니 장난기가 발동했다.

“어젯밤에 자다가 똥이 마려워서 깨서 변소에 갔거든.
그런데 급히 가는 바람에 휴지를 안 갖고 갔단 말이야.
이걸 어쩌나 하고 생각하고 있는데 깜깜한 밤인데

변소 안에서 갑자기 하얀 손이 쑥 올라오더니
빨간 휴지 줄까 파란 휴지 줄까 이러는 거야."

"으악, 아이 무서워."

동생들이 난리가 났다.
귀신 얘기야 많이 들었지만 상호가 초롱불 아래서
손짓 몸짓에 목소리까지 분위기를 잡으니
어린 동생들이 까무라칠 정도다.
상용이가 동생들을 위해 물었다.

"그래서?"

"그래서 내가 버럭 소리를 질렀지.
나는 똥 누고 안 닦아 임마, 휴지 필요 없어.
하고 박차고 나왔지."

동생들이 박수치고 깔깔대며 억누르고 있던 무서움을 떨쳐냈다.

설 제사 1939/2/19(일)

할아버지가 처음 제사에 오셔서 차례상과 촛대와
생선, 과일, 나물 등의 위치를 바꾸고 설레발이 치는데
어머니는 못마땅해 하지만 속으로 삭이시고.
아버지는 할아버지 말씀에 토를 다는 일이 없었다.

그동안 10년을 장인과 장모를 아버님, 어머님이라
부르며 한집에서 살아왔고 그 집 따님과 결혼해서도
같은 집에서 처가살이를 8년 가까이하였고
2년 터울로 태어난 아이들이 4명을 넘기자 분가 후
장인이 돌아가시고 나서 제사를 독립한 것이라
시골의 할아버지에게도 연락 드려서 오시게 했으니
처가는 진주 용암이고 할아버지 본가는 경남 고성이고
이씨와 정씨가 또 다르니 제사 방식에도 차이가 났다.

할아버지 탓에 차례 제사가 재미있어졌다고 느낀 상호는
할아버지를 졸졸 따라다니며 시키는 대로 이것저것 제사상
위의 제물 위치도 바꾸고 부엌에서 새로 올라오는 것들을
올려놓으며 장난기를 부린다.
그전에 외갓집에서 제사를 지낼 때는 외할머니가 음식과 순서 등
모든 것을 무척 까탈스럽게 지휘하셔서 부엌에서 음식 만들던
외숙모가 그 잔소리에 눈물 훔치기가 다반사였고 엄마도 하루종일
얼굴이 퉁퉁부어 일할 정도로 분위기가 가라앉아 있었는데
오늘 제사에서는 할아버지가 잔소리를 한다고 해도
쩌렁쩌렁한 목소리에 마산 사투리가 묘하게 어우러져
한편의 코미디를 보는 듯한 느낌을 주어 모두에게
압박감은 없고 자유롭고 편안한 분위기를 만들었다.

할아버지, 아버지, 상호 순으로 조상께 인사
조상님께 상호의 대구상업중학교 입학을 알림
상호는 어수선한 분위기에 동생들 단속
상호, 상용, 상기, 봉춘, 상린

아버지가 먼저 예법에 맞추어 정성껏 할아버지께 절을 하니
상호도 긴장하며 아버지를 흉내내어 절을 했다.
상용이와 나머지 동생들은 같이 우르르 서서 절을 하니 비로소
긴장감이 풀어지고 곧 이어 제사상에서 음식이 내려갔다.

할아버지가 상호에게 본인의 어린시절을 말씀하셨다.

"자고로 우리는 선비 집안이다.

우리 아버지-상호의 증조할아버지는 집안의 둘째로

태어나서 더럽고 위험한 벼슬길은 절대 하지 말라는

3대째 내려오던 가훈에 따라서 과거시험은 일찍이

포기하고 삼백석 되는 집안 재산은 장자에게 다 가고

본인은 조그만 집을 하나 물려받았는데 집안에 서당을

차리고 운영하셨지.

본인은 큰소리 한번 치는 일 없는 온화한 성품에

훈장이랍시고 점잔 빼고 있었지만 배우는 애들이

다섯 명도 안 되는 정도니 정말 돈 구경하기 힘들었지.

우리 엄마는 정말 낮에는 부엌일에 빨래에, 밤에는

호롱불 밑에서 삯바느질로 쉴 새 없이 일만 하시다가

돌아가셨는데 평소에 무표정하시던 분이 나만 보면

얼굴에 미소를 띠시고 다정하게 말씀하시곤 하셨지.

종갓집에 제사라도 있으면 가서 일하면서 전이나

고기반찬을 몰래 싸와서 주면서 내가 평소 못 먹던 거

마음껏 먹어보라고, 자기는 배불리 먹고 왔다고 하면서

눈물을 훔치시던 그 모습이…

나는 그때부터 집에만 들어가면 답답하고 짜증이 나서
공부는 안 하고 바깥으로 나돌기만 했지.
침울하기만 한 집안에 내가 어떻게 할 수 있는 게 없고
분위기를 바꿀 능력도 안 되니 뛰쳐나간 게지.

오늘 이렇게 제대로 차례를 모시니 지나간 세월이
눈앞에 쏜살같이 지나는데 특히 어머님이 나를 보실 때
그 눈빛, 그 갈망하시던 눈빛이 지금도 눈앞에 또렷하네.
한 번도 어깨를 못 펴고 사셨는데 아들 하나 있는 게
공부는 하기 싫고 남한테 지기는 더 싫고, 여기 쿵덕
저기 쿵덕 하다가 아이고 나도 벌써 환갑이 되었네.
상호야 세월이 금방 간다.
너는 아버지 말씀 잘 듣고 부모에게 효도해라.”

“네.”

할아버지 독상 받으시고 고향 돌아가야 한다고 보채고
계속 돈타령하고 아버지가 드린 봉투 속을 훑어본 후
투덜거리며 시외버스 종점으로 출발하셨다.

외갓집

외갓집 가는 길에 아이들이 제기차기하고 놀았다.
아버지 어머니 상호 상용이 외할머니께 세배
외할머니는 세배는 받는 둥 마는 둥 하시고
아이들이 너무 많다고 툴툴대시더니,

　　"권수야."
　　"네, 어머님."
　　"내가 너를 열두 살 철없는 아이 때 거두어서 키우고
　　네 아버지(장인)가 대서방 일을 가르치고
　　내 딸과 결혼해 사위가 되었고 대서방을 물려주었는데
　　지금 태진이가 일본 유학 중이고 아이들도 태어나서
　　돈 들어가는 일은 많은데 돈 들어올 데가 아무 데도
　　없다는 것을 잘 아는 권수 네가 지난달부터 딱 돈을
　　끊으니 우리는 어떻게 살라는 말이냐?"

"제가 분가하고 나서 6년 동안, 장인어른 돌아가시고
나서도 3년 동안 그전하고 똑같이 생활비를 드렸는데
작년부터 전쟁이 심해져서 모두가 사는데 힘들어지니
대서소일도 예년 같지 않고 반 이하로 줄어들었는데
이제는 저도 더 버틸 수가 없어서 작년 초부터 미리
말씀을 올렸고, 금년부터는 정말 저희도 아이들도
입에 풀칠하기도 어렵습니다."

외삼촌 태진이가 자부의 얘기를 듣고 누나의 눈치를 보더니
한바탕 외할머니를 나무랐다.

"엄마는 무슨 쓸데없는 소리를 캐 샀노?
내 일본 유학비용은 전부 장인이 부담하는데
왜 내 핑계를 대서 누나네를 못살게 볶느냐고?
엄마가 살림을 좀 줄이고 재산이 없는 것도 아니니
조금씩 처분해 가면서 내 공부 끝날 때까지 참아야지
지금 중국전쟁이 터진 지가 3년째 돼가는데
모두가 힘들게 견디는데 누나와 사위만 쥐어짜면 어쩌냐고?"

대가 성성한 외할머니도 아들한테는 쩔쩔맸다.
외삼촌(정태진)은 띠동갑 상호를 특히 귀여워하시고
대구상업학교 후배가 된 것을 축하하며
(본인은 구상7회 1929~1934)

"우리 상호가 운동도 잘하고 공부도 잘하고

유쾌하고 밝아서 주위 사람들을 즐겁게 하니

한집에서 8년 같이 살며 정이 너무 들었다.

누나 머리를 닮아서 똑똑하기도 하고."

외삼촌이 상호 어릴 때를 회상했다.

상호는 개구쟁이 상용이는 새침데기

소학교 입학하던 날 상호가 엄마 머리를 보고 말했다.

"엄마 흰머리가 나왔다."

"네가 말을 안 들으니까 그렇지."

"아하! 어쩐지 외할매 머리가 새하얗더라.

엄마는 내보다 외할매 말 더 안 들었구나."

옆에 있던 외삼촌이 옳다구나 깔깔대고 요절복통이다.

"와, 상호 이놈 호랑이 잡아먹는 담보네."

외삼촌 정태진은 누나를 엄마보다 더 무서워했다.

본인은 대구상업학교를 졸업했지만 누나는 소학교도 못 마쳤다.

진주에서 대구로 이사한다고 공백이 생기기도 했지만

외할매가 여자는 학교 다닐 필요가 없다고 집안일에

우선을 두며 생긴 일이다.

그렇지만 외삼촌 소학교 시절 누나가 가정학습을 도맡아서

했는데 본인이 학교 갔다 오면 숙제를 같이하는데

책 공책을 잠깐 훑어본 누나의 가르침을 받기 시작해

소학교 마칠 때까지 모든 과목을 집에 있는 누나가

학교 다니는 외삼촌보다 더 정확하고 철저하니

그 후 누나의 총명함을 깨달아 어려워했다.

호랑이 잡아먹는 담보라는 말은 자기는 누나가

호랑이 같은데 어린 상호가 누나를 쩔쩔매게 하니

호랑이 잡는 담보에 빗대어 한 말이다.

일본 호세이대학(法政大學) 유학 얘기를 재밌게 해주고

외삼촌은 독서광, 서양음악에 조예가 깊었고

키가 크고(182cm) 눈빛이 밝고 목소리도 명쾌하니

처가가 사위 사랑에 빠진 것도 당연하리라.

장인의 도움으로 일본 유학한다고 하지만

딸린 식구들도 있고 돈이 전혀 안 들어갈 수는 없는데

외할머니는 살림을 줄이기는 싫고

딸사위네는 아이들이 줄줄이 6명이나 되니

사위인 아버지에게 수시로 불만 표시를 노골적으로 하셨다.

대서방에서 아버지와의 대화 - 비밀

아버지가 상호에게 자신의 과거를 처음으로 털어놓으셨다.
본인을 낳은 어머니는 고향에서 본인 출산 후 바로 돌아가시고
동네 수동이 아지매에게서 젖동냥해서 자랐는데
할아버지는 떠돌이라서 본인은 부모 없이 눈칫밥 신세.

국민학교 3학년 후 12살 되던 해에 마산 어물전에
취직시키고 일 년 치 봉급을 할아버지가 받아 챙긴 일,
어물전 주인 아들이 수시로 고가물품을 빼돌려서
노름에 탕진하며 자신에게 입 다물라고 윽박지른 일,
잘못하면 주인 아들이 빼간 물건들을 자신이 훔쳤다고
큰 덤터기를 뒤집어쓸 상황이라서 모든 상황을 주인에게
글로 남기고 야밤에 걸어서 대구로 도망온 일.

오는 길에 외할아버지를 만나서 그 집에 심부름꾼으로
일하며 대서소일 10년 동안 배운 것,
결혼적령기가 되어서 따님과 결혼해서

처가살이 9년에 낳은 아이가 넷이 되고
장인이 편찮아 누우시고 애들이 많아져서 분가한 일,
어릴 때 못 먹어서 키도 작고 제대로 교육도 못 받고
어깨너머로 배워 분가 후에도 장인 이름으로 대서방을
유지하며 처가 살림을 6년 동안 부양해온 일 등을
상호에게 소상히 설명하셨다.

"너는 다른 걱정 말고 공부 열심히 해라.
지금 우리는 집도 없이 전세 살고 있고 자식들은 많은데
수입도 줄어들어 어려움이 많지만 주위에 인심을
잃지 않아 사람들의 발길이 끊이지 아니하니
나는 아직은 자신이 있다.
외삼촌처럼 일본 유학도 보내주고 뒷바라지해줄 테니
너는 건강하고 공부만 열심히 하면 된다."

외삼촌이 아이는 둘이나 되는데 처가 덕으로
일본 유학 가서 서양음악을 즐기는 것 등을 못마땅해 하셨다.

***가르침
현실에서 이겨라.
집안을 바로 세우라.

정월 대보름

아이들이 정월 대보름에 불놀이를 하고 놀았다.
상호는 반월당 건너편 염매시장 입구 옆에 있는
자전거방에서 깡통 하나를 구할 수 있었다.
전시라서 모든 물자가 귀하니 빈 깡통 하나도 귀한데
덕산국민학교 동창을 잘 구슬려서 집에서 하는 자전거방
구석에 못, 나사 등 소부품을 넣어두는 깡통 하나를
부품들을 쏟아내어 봉지에 담아놓고 겨우 구한 것이다.
동창은 예전부터 알고 지냈고 팽이싸움을 할 때 유리한
값비싼 통통한 팽이를 무상양도한 일도 있어서
다른 대가를 치를 필요는 없었다.

1937년에 시작된 중일전쟁은 전체의 산업구조를 빠르게
변화시키고 있어서 군수산업은 수요가 계속 증가하고
일반 민생품을 생산하던 공장들도 하나 둘씩 군수용품
생산공장으로 바뀌어 나가서 민생용품의 개발이나 공급이
점차적으로 줄어드니 생필품이 귀해지기 시작했다.

깡통에 못으로 구멍을 10개 정도 내는 일은 자전거방에
공구가 있어서 쉬운 일이었고 곳간에서 숯을 구해서
깡통 안에 넣고 날이 저물기를 기다렸다가 저녁밥을
대충 먹고 상용이와 같이 집 앞 골목길로 나오니 벌써
대여섯 명이 나와서 대장을 기다리고 있었다.
중학교를 입학하면 골목에 나와서 노는 사람이 없으니
자연스레 상호가 대장이 되어 있었고 십여 명의 동네
아이들과 덕산소학교 까지 걸어가니 벌써 학교 안에
서너 그룹이 불을 넣은 깡통을 돌리며 대보름 달맞이를
열중해서 흥겹게 하고 있었다.

상호 팀도 숯에 불을 붙여 빙빙 돌리니
불길이 공기를 구멍으로 받아들여 더 강해져서
보름달이 환한 운동장에서 흥겨운 풍경을 만들어 내었다.
십여 명의 인원이 돌아가며 두 개의 깡통을 돌리고
나머지는 소리를 지르고 박수를 치며 흥을 돋우니
한 시간 남짓 모두들 달불놀이를 추운 줄 모르고 즐겼다.
집에 오는 길에 외삼촌을 길거리에서 만나서 아이들과
헤어지고 외갓집에 들러서 외할머니께 인사드렸다.

외갓집에서 외삼촌이 책을 한 보따리 상호에게 주셨다.
모두 일본어로 쓴 책이고 내용도 어려울 것 같아 상호는
걱정이 앞섰다. 그러나 외삼촌은 어렵게 생각하지 말라
하시며 아무리 어려운 책도 여러 번 읽으면 다 이해가
되고 일본어 공부도 저절로 될 터이고 정 모르는게
있으면 자기가 가르쳐줄 수 있으니 한번 매진해서
읽어 보라고 하셨다.

외삼촌이 10여년간 여러가지 책을 읽었고 또한 자신은
어느 누구의 지도도 받지 않고 이것 저것 닥치는 대로
읽어서 이제서야 윤곽이 잡히고 독서의 방향을 가늠할 수
있게 되었는데 상호에게는 읽어본 책중에서 엄선해서
내용이 충실하고 체계적이며 앞으로 발전해 나갈때
도움이 되는 책만 주겠으니 안심하고 읽어보라고 하시며
특히 튼튼한 나라는 경제와 과학이 밑받침이 되어야하고
사상과 군사력이 꽃 피어야 하는데 그러한 기준으로
책을 추천하겠다고 말씀하셨다.

집에 와서 아버지에게 보였더니 아버지는 자기가
읽어본 적이 없는 일본어책인 데다 내용도 짐작이
안가는 책도 있어서 별말씀 안 하셨다.

대구 체육관 6/24(토)

오후에 유도대회가 열렸다.
그동안 배우고 연습하고 단련해온 체력과 기술을
사용하여 입단과 승단을 위한 시험이 실행되었다.
일본 학생들이 조선 학생보다 더 많았다.
일본인 관장이 직접 참관하는 가운데 상호가 상급생과
대련을 무사히 마치고 입단시험을 통과했다.

일본여학생반이 있어 몇몇이 관전도 하고 시합도
했는데 그중에 아주 활달한 한 여학생이 거리낌 없이
상호에게 호감을 나타내고 응원했다.
상호도 자기를 응원하는 여학생에게 당연히 호감이 갔고
키도 상호와 엇비슷한데 눈망울은 더 또렷하고
눈썹도 더 진하고 입술도 두툼한 게 한마디로
영양 상태가 좋은 데다가 성격이 막힌 데가 없어 보여
상호가 오히려 약간 위축감을 느꼈다.
상호는 긴장하면 어릴 때부터 몸에 밴 장난기가

발동하는데 오늘은 어쩐 일인지 몸이 더 굳어지고
마치 책잡히지 않으려 하는 아이처럼 더욱더 움츠리는
자신을 느끼고는 속으로 놀랐다.

대회가 끝나고 초단 임명장을 받은 상호는 그 여학생과
인사하고 이름이 마루야마 아끼고인 것을 알았다.
상호는 유도가 기다림의 무술이라고 표현했고
그러나 자기는 기회가 오면 과감히 쟁취한다고
설명하니 아끼고는 상호가 일본어를 참 유창하게
한다며 짐짓 놀라운 표정이다.
친구들이 일본 여자와 사귄다고 놀렸다.

대서방

상호가 아버지께 유도 초단을 땄다고 보고를 하며
아끼고 얘기도 함께 알려드렸다.

아버지의 가르침,

"체력은 제일의 실력이다.

건강이 따르지 않으면 무엇을 성취할 수 있겠느냐?

나는 어릴 때 엄마 젖도 제대로 먹지 못했고

자라면서도 밥도 제대로 얻어먹지도 못해서

키도 작고(155cm) 힘도 세지 못하지만

지금 건강하고 또한 남을 판단하는 것이 명확하다.

온갖 건달 사기꾼 노름꾼들이 들락거리며 남의 것을

등쳐 먹으려고 밤낮으로 궁리하고 계획을 세우니

세상에는 달콤한 거짓말로 남을 속이는 자가 많다.

앞으로 차차 더 알려주겠지만 달콤한 말을 하는 자와

남의 것을 갈취해서 같이 나누어 먹자는 놈은

기필코 사기꾼이니 조심해라.

남의 것을 탐하지 않으면 사기꾼이 넘보지 못하고

평소에 말이나 행동이 이상하면 상종을 하지 않아야

이후에 걱정할 일이 없을 것이고

듣기 달콤한 말을 한다고 다 친구가 될 수는 없으니

항상 바른 사람들과 사귀면 그 다음이 편안하다.

여자문제는 연애는 자유, 결혼은 아버지가 정한다."

아버지 말씀은 너무나 단정적이었다.

아끼고와의 데이트

여름방학이 시작되었다.
상호는 아끼고와 영산못 근처에 산보를 갔다.
8월의 대구 날씨는 엄청 더웠다.
녹음이 우거져서 나무와 꽃들은 뜨거운 햇볕 아래
열심히 생을 가꾸고 있었고 새들과 벌레들도
풍요로움 속에 바쁘게 움직이고 있었다.

아끼고의 근심-엄마가 몸이 약하다.
대구로 부임한 지 3년이 넘었지만 입맛에 맞는 음식을
찾지 못하고 조선음식은 그 맛이 진하고 젓갈류나
김치는 너무 짜서 소금을 적게 넣은 것을 찾아 달라고
일하는 아줌마에게 부탁했는데도 말이 안 통해서
그런지 도통 땡기는 반찬을 못 만든다.
여름이 되면 특히 심해져서 병원을 찾을 정도다.

아끼고와 여름방학 때를 이용하여 곧 고향인 교토를
방문할 예정인데 그전에 병 나서 누우실까 조바심이다.
상호는 어떤 말은 못 알아듣지만 대충 줄거리는 알아들으니
위로의 말이라고 해보지만 조금 어색하다.

상호가 아끼고의 손을 덥석 잡았다.
안쓰러워서 위로라도 한다고 한 행동이지만 잡고 보니
손가락이 길고 뽀얀 피부가 부드러워서 놓기가 싫었다.
얼떨결에 일어난 일이라 그다음에 어떻게 해야 하나
생각하다가 그냥 좋아서 두 손으로 아끼고의 왼손을
잡고 있다가 장난기가 동해서 손등을 쓰다듬으니
부드럽고 말랑말랑한 감촉이 느껴져서 더 좋아졌다.

'에라 이렇게 된 것 뭐 어쩌랴'
하는 마음에 오른손을 손목 위로 슬슬 옮겨보는데
아끼고는 별 저항을 하지 않고 상호는 난생처음으로
이성의 팔을 쓰다듬으며 가슴이 뛰는 것 같고 눈이
커지는 것을 느꼈다.

2차세계대전 발발

1929년 세계대공항은 심각한 사회, 경제, 정치적 문제들을
야기했고 빈곤과 절망, 공포속에서 국수주의가 싹터서
독일의 히틀러, 이탈리아의 무솔리니, 스페인의 프랑코 같은
독재자들이 나타났다.

1919년 국제연맹이 수립되어 집단안전보장과 군축을 목표로
했지만 각국의 이해관계가 달라서 합의가 도출되지 못했다.
히틀러는 1933년 권력을 장악하고 세계질서의 전환을 부르짖으며
대규모 재무장에 들어가서 1936년 3월 라인란트에 독일군을
진주시켜 베르사이유 조약을 무력화했다.
미국은 중립법을 제정하여 거리두기에 나섰고 1936년 10월에
독일과 이탈리아가 로마-베를린 주축국을 결성했다.
영토확장의 야욕에 사로잡힌 히틀러가 같은 독일어를 사용하는
같은 민족이라고 오스트리아로 진격하고 그다음 체코를
침공할 때도 영국 프랑스는 독일이 거기서 멈추기를 종용했다.

영국 프랑스는 민주국가로서 어떻게 해서라도 전쟁은 피했으면
하는 여론-1차세계대전의 참혹함을 겪은 중년 세대들의
바람을 거스를 수 없었다.
그러나 1939년 8월 독소불가침조약이 발표되고 폴란드를
독일이 침공하자 영국과 프랑스는 독일에게 선전포고를 하고
실제 전투는 폴란드를 독일과 소련이 분할점거한 이후
1940년 4월부터 유럽은 전쟁의 도가니로 휘쓸려갔다.

일본은 이미 중일전쟁 중 1937~

겨울방학과 외삼촌

외삼촌이 겨울방학으로 귀국했다.
축음기에 서양음반을 잔뜩 들고 와서 동경에서도
구하기 어려운 것을 친구네 가게의 도움을 받아
겨우겨우 구해왔다고 자랑이다.
그 중에도 상호는 요한 슈트라우스 왈츠가 제일 신났다.

왈츠를 처음 들었을 때 상호는 큰 충격에 빠졌다.
우리 창이나 가곡도 좋아하고 각종의 타령도
우리들의 삶이 묻어 있다고 느껴져서 흥겨워했지만
요한 슈트라우스의 왈츠는 듣는 순간 율동이 가슴에서
시작해서 온몸으로 퍼져 나가서 가만히 앉아 있을 수
없이 저절로 3박자에 맞춰 춤을 추게 되는데 쿵작작
쿵작작 하는 속도가 엄청 빠르고 힘차게 울려 퍼졌다.
아! 이래서 외삼촌이 서양음악에 빠졌구나.

상호는 외삼촌이 일본 유학을 통해서 배우고 얻은 것을
전수받는 것이 너무나 새롭고 충격적이어서 그동안의
생활의 굴레를 어떻게 할지 모를 지경이다.
마치 동화 속 마법의 세상으로 빨려 들어간 듯이
외삼촌이 준 책 한 권 한 권이 새로운 세상이 되어
그 속으로 들어가면 이때까지 생각해보지 못한 세상이
펼쳐지는데 각각 경험과 논리가 너무나 선명하고 절실해서
현실의 생활이 너무 하잘것없다고 느껴졌다.
빨리 여러 가지 책들을 독파하고 그 지혜를 자기 것으로
만들어서 외삼촌과 대등한 수준에 올라 세상을 논쟁해
보고 싶다는 욕심에 책 읽는 속도가 빨라졌다.
아끼고와의 만남들도 상용일본어를 깨치는 데 많은
도움이 되었는데 책에서 얻은 단어들을 사용해보면
깜짝 놀라는 아끼고를 보면서 속으로 흐뭇했다.

이번에도 책이 한 보따리였는데, 손문의 삼민주의도 보인다.

상호는 본인의 노력과 아끼고와 교제를 통해 외삼촌이 준
여러 종류의 책을 무리 없이 소화하는 정도로
일본어 수준이 향상되어 외삼촌도 대견해 했다.

대한제국의 국기인 태극기도 보여 주셨다.

1차세계대전의 종전을 앞둔 1918년 1월 18일,
전쟁에서 이긴 미국의 윌슨 대통령은 전후 세계질서의
기초로서 민족자결주의를 주창했다.
각 민족이 스스로의 의지에 따라서 그 귀속과
정치 조직 운명을 결정하고 타민족이나 타국가의
간섭을 받지 않을 것을 천명한 집단적 권리 주장이었다.
단지 종전 후 패전국에게만 적용이 되었다.
영일동맹으로 연합국으로 참전한 일본은 승전국이어서
적용되지 않았고 따라서 조선은 묻혀버렸다.

민족자결주의는 동경의 조선 유학생들에게 큰 충격과
감명을 주었다.

동경 유학생들의 조직인 학우회, 학우회의 기관지로
발행되던《학지광》의 편집국장이던 최팔용은
조국광복을 부르짖기는 지금이 가장 좋은 기회라고
생각하고 동지규합에 나섰다.
1919년 2월 8일 재일본 도쿄 조선YMCA에서 최팔용이
조선청년독립단 발족선언을 하고 이광수가 기초한
2·8독립선언서를 백관수가 낭독하여 조선의 독립의지
를 알렸고 이것이 3·1운동의 기초가 되었다.
이후 이 운동은 동경 유학생들에게 대를 이어 전수되어
소수의 학생들에 의해 그 정신을 이어나갔다.

정태진(외삼촌)은 집안이 진주에서 대구로 이사하는
과정에서 국민학교 입학이 2년 늦었고 대구상업학교
졸업 후 김천의 금융조합(지금의 농협)에서 2년 근무 후에
준비과정을 거쳐 일본 유학길에 올라서 조선 유학생 중에서는
나이가 5~6년 이상 차이가 나서 연장자 대우를 받았고
학업보다는 독서와 토론 등을 통해 일본문물을 이해하고
그 배경에 있는 서구의 인본주의와 자유주의사상,
산업혁명과 과학기술개발의 중요성을 깨달아서
우리 민족의 현재 위치및 미래를 항상 고민하였다.
서양음악을 좋아하고 즐기는 것은 젊음의 특권으로
인식되어 본인은 지식인의 멋으로 생각했다.

부록1

1933년으로 추정되는 사진이다.

아버지가 셋째아들 상기(1932년생)를 안고 있고

오른쪽에 장남 상호, 왼쪽에 차남 상용이다.

아직 처가살이를 하던 시절이다.

아버지 산소는 경남 고성군 개천면 좌연리에 있다.

(후에 어머니도 옮겨와서 합장했고

누나도 화장해서 묘 위쪽에 뿌렸다.)

아버지가 태어나서부터 혼자 자란 곳이다.

본인의 어머니는 출산을 하러 고향으로 돌아와서

아이를 낳고 바로 돌아가셨고 동네 친인척에게

젖동냥에, 밥 얻어먹으며 어렵게 자랐다.

무엇보다도 반기는 사람이 없는 외로움에 찌던 생활에 이골이

나서 장성해서는 주위 사람들에게 다정했고 어려운 사람들에게

항상 베풀어서 주위에 사람들이 많이 들끓었다.

결혼해서는 2년 터울로 아이들이 계속 생겨서 외롭기는커녕

항상 북적거리고 아이들의 끊임없는 소란에 정신 차리기가

힘들 정도였는데 본인은 즐거운 시절을 보내신 것 같다.

오죽하면 처가살이에 2년 터울로 넷을 낳고 다섯번째를 배속에

갖고 쫓겨나다시피 집을 나왔을까?

그 배짱 하나는 지금 보아도 손색이 없는 우리 아버지다.

어머니는 진주 용암리에서 태어나서 대구로 이사 와서

결혼해서는 용암띠기로 불렸다.

1926년부터 1950년까지 2년 터울로 아이 열둘을 낳았고

 모두에게 총명하고 명석한 두뇌를 물려주어서

형제들이 학교 다닐 때는 모두 우수한 학생들이었고,

또한, 본인의 본태성 고혈압과 부정맥을 물려주어서

나이 들어서는 모두들 혈압약과 심장약을 먹었다.

아는 의사가 측정을 해보고 나서 이렇게 혈압이

높은 사람이 정상적인 생활을 할 수 있냐고 의아해

했다는 이야기가 전해온다.

항상 온화하고 부드러운 미소를 머금고 살았지만

자식들이 너무 많음에 기도로 마음을 다스렸다.

그 많은 아이들과 전쟁하며 사는 데 오죽했을까?

아버지가 고향 사람들을 반기며 자주 왕래하는 것을

촌놈들이라고 싫어했는데 아이들과의 전쟁터에,

한 번 오면 며칠을 머무는 시골 사람들이 더해져서

이부자리 만들고 빨래, 음식, 서빙, 설거지 등

일하는 아이가 있다 해도 하는 일이 배로 늘어나니

지금 보면 이해가 된다.

이은졈 은찾을픕美
1935. 4. 29

좌측 위 하모니카를 부는 사람이 외삼촌 정태진.
1935년이면 대구상업중학교 졸업 후 1년이 지나고
친구들이 모여서 사진관에서 연출한 것 같다.

갓 스물의 한창나이에 고전음악을 좋아하고
열렬한 독서광에 인생을 찬양하는 낭만주의자들은
시를 쓰기도 하며 노래도 잘하고 주위의 사람들과
잘 사귀어서 항상 즐겁고 행복했었다.
현실의 찬바람을 맛보기 전까지는.

김천의 금융조합에서 근무를 시작한 것이 1936년,
일본인의 하수인으로 한계를 깨닫는 데 2년이
채 안 걸렸고 수많은 사람들과의 교제에도 공허함을
달랠 길이 없어서 장인의 도움을 받기로 했다.
일본 유학을 결심할 때 이미 첫딸이 자라고 있어서
현실의 부담감이 가중되고 있었다.

책은 현실도피의 수단이 되기에는 적합하지가 않다.
단순한 문학이라면 또 모를까, 급변하는 세계정세 속에서
새롭게 대두되는 동남아시아의 자원문제, 그곳에서 기득권을
가진 서구와 새로 부상하는 일본의 충돌, 그리고 무엇보다도
가장 안타까운 것은 점점 잊혀져 가는 조선…
그래서 음악이 안식처가 되었을까?

1941년 동경

호세이대학 경제학부의 졸업기념사진 같다.

조선인 학생들만 모여서 찍었으리라.

맨 아래쪽 앞쪽의 안경 쓴 이가 정태진

누구보다도 큰 열정을 품고 살았지만 유학생활의

단조로움에 현실에서 멀어짐을 뼈저리게 느꼈으리라.

두 딸과 함께 기다리는 외숙모에게 어떻게 설명했는지

졸업 후 외국어대학원 영어과로 진학했다고 한다.

집안을 큰 소용돌이로 몰아넣고 난 후.

(큰딸 정영자가 2018년 봄에 진술한 내용)

해방 후에는 경북여객 취체역(등기 이사)으로 근무했는데

영어공부를 한 게 군정청과 일하는 데 도움이 된 듯.

한눈에 꿰뚫어 보는 직관력이 높은 청년으로

6.25전쟁 후 설암으로 돌아가셨는데 오래 사셨으면

큰 사업체를 일구었을 것으로 판단된다.

대성그룹 김수근 회장과는 대구상업중학교 7회 동창생이고

서로 절친이어서 돌아가신 후에도 가족들과 왕래하였다.

장남 정상근이 대학입학후 김회장께 어머니와 인사가기도 했다.

2부

전쟁의 심화

학교의 병영화와 조선어 금지

1937년 7월 중일전쟁이 발발하자 일제는 점차 학원을
변화시켜 1940년부터는 교과수업은 줄이고 근로봉사와
군사훈련시간은 늘어나서 학원의 병영화가 진행되었다.
승마부를 신설하고 체육교련시간에는 총검술을 가르치며
탄알 하나로 적 한 명을 죽인다는 일탄일적을 목표로
사격훈련을 강조하며 후방의 전력화를 통해 실질적인
전시체제를 달성하였다.

복장은 국방색 군복형태에 전투모
체육교련시간에는 총검술 훈련
조선어 시간 없앰

상호는 조선어 시간이 없어지는 것이 이상해서 여러 가지를
생각하게 되었다. 이미 모든 과목의 수업은 일본어로 하고 있었고
학교 내에서 일절 조선어를 사용하지 못하게 엄격히 통제하는
가운데 '국어(일본어) 교육 강조 기간', '국어(일본어) 상용 장려'
'국어(일본어) 애용 학우 표창' 등 학교 내 생활은 물론 가정에서
까지도 일본어를 사용하는 것을 장려하고 조선어를 사용하는 것을
죄악시하는 분위기를 만들고 있었다.

특히 교내에서 조선말을 했다가 발각되면 심한 체벌이 가해졌고
이것이 한 번 더 반복되면 교무실에 불려가서 하루종일 꿇어앉아
지나다니는 선생들로부터 온갖 모독과 야단을 맞고
반성문을 쓰고 반에서도 왕따를 당했다.
한번 걸리면 절대로 다시는 같은 짓을 반복하지 않아야 하는데
말하는 것은 아주 어릴때부터 몸에 밴 습관이라서 바꿀려고 해도
자기도 모르게 나오는 경우가 있어서 스스로 통제가 힘들었고
조선학생들은 처음 일년 이상은 이 문제로 긴장에 긴장을 더해
수업시간에 집중할 수가 없을 정도였다.

이러한 분위기에서 한동안 상호도 엄마와 동생들에게 일본어를
사용해보기도 했지만 한 달을 넘기지 못했다.
말을 하다가 중간에 끊어진 것처럼 뒷맛이 개운치 않은 것이
대화의 깊이와 감정의 조절이 힘들고 또한 상대방의 반응과
대꾸도 대화의 중요한 구성요소인데 일본말을 해서는 우리말과

같은 느낌을 주고받을 수 없었다.

일본말도 어차피 외국어이므로 사용한다 해도 주로 단문형식이
되는데 평상시에 하는 우리말과 같을 수가 없었다.
더군다나 경상도 사투리의 강한 악센트와 음운이 더해지면
그 맛을 어찌 일본말로 대체할 수 있겠는가?
그런데 어째서 집에서 가족끼리 하는 말까지 통제하는가?

이는 조금만 생각해보고 경험해보면 금세 알 수 있는 것인데
각 언어의 서로 다름을 인정하고 각각의 특징을 존중해야지
약자의 언어라고 무조건 사용금지 하고 죄악시하고 있으니
이렇게 억울하고 원통한 일이 어디 또 있을까?
조선글도 마찬가지로 한자가 많이 사용되는 것은 일본 글과
거의 같은 수준이지만 읽을 때 발음이 더 다양하고 따라서 글맛이
다른 것을 느낄 수 있었다.

이러한 것을 겪어본 상호는 조선말과 조선글이 우리 민족의
영혼이라는 결론에 도달했고 조선어 시간을 없애는 것은
단순한 차별이나 불평등이 아니라 우리 민족의 영혼을 죽이는
범죄행위라는 생각이 들어서 우리말을 사용해볼 때마다,
우리글을 써볼 때마다, 일본에 대한 거부감이 더해졌다.

창씨개명

할아버지가 대구에 올라오셔서 대노하시며 팔팔 뛰었다.

"사실 조선은 양반들이 다 말아 묵었다.

저거는 손도 까딱 안 하면서 모든 힘든 일은 전부

서민들에게 다 떠넘기고, 어떡하면 서민들 등골 빼먹을

방법만 궁리하면서 못살게 굴더니

결국은 일본놈들한테 홀라당 먹혔지.

한양에서 내려온 감사라는 것들도 다 돈 주고

자리 얻어온 놈들이라 밑천 들어간 것 뽑는다고

이리치고 저리 돌리고 해서 헷갈리게 해놓고는

다 백성들 가렴주구 해서 몇 배로 뽑아 먹고는

그다음에 오는 놈은 더 지독하고. 아이구야 참!

그런데 일본 놈들이 오더니 강도도 줄어들고

산에 나무도 많아져서 좀 좋아졌다 했더니

머라꼬? 성을 바꾸라고?

이놈들 완전 미친놈들이네.

조상을 배신하고 성을 바꾸다니,

나는 아버지 말씀도 잘 안 듣고 한문공부도 하기 싫어

일찍 집을 나와 떠돌이로 살면서 오만가지 나쁜 일도

많이 했지만 그래도 조상을 배신할 수는 없다.

우리 집안에 창씨개명은 없다.

알았제? 권수야!"

아버지는 할아버지 말씀에 수긍하는 척하며 할아버지를 달랬다.

"제 일은 제가 알아서 처리할 터이니 걱정하지 마십시오."

오랜만에 고기반찬에 얼큰하게 취해서 하룻밤

주무시고 아버지가 내민 봉투를 대충 눈으로 훑으신 후

아버지에게 대서소일로 법원에 출입하는 데 필요하면

일본 성을 쓰든지 알아서 하라 하시고 떠나셨다.

상호는 할아버지의 설명에 머리가 선명해졌다.

성을 바꾼다 어쩐다 하면서 생기는 이 혼란은

일본에 나라를 빼앗긴 탓인데 거기에는 조선 지도부의

부패와 무능이 원인이라는 것이다.

하마터면 놓칠 뻔한 것을 할아버지가 간단하게 일깨워 주셨다.

- 창씨 하지 않으면 불이익

공무원, 사기업체 채용 불가

식량 생필품 배급에서 제외

자녀의 입학과 진학 불가

창씨개명은 조선 민족의 성과 이름을 일본식으로 개조하여
일본황제를 받들어 섬기는 황국신민으로 만들어 국가동원령 및
징병을 언제든지 발동할 수 있게 하는 기초 작업이었다.
관공서와 학교부터 먼저 시작했는데 처음부터 엄청난 혼란과
소동을 불러왔다.
조상 때부터 쓰던 성과 이름이 바뀌면서 자연히 옛날 성, 옛날
이름이 있는데 더해서 새로운 성, 새로운 이름이 새로이 생기고
두 가지를 모두 기억하고 또 불러주어야 했으니 보통 문제가
아니었다. 그래서 이름을 못 부르고 "어, 저기" 하고 다른 식으로
불러서 대화를 시작하는 것이 보편화 되기도 했다.

상호는 이런 말도 안 되는 상황이 벌어지는 사태에 대해서
분노가 치솟아서 도통 재미있는 일이 없어지고 친구 만나기도
싫어져서 주로 집안에서 외삼촌이 준 책을 열심히 읽었는데
특히 손문의 삼민주의(민족주의, 민권주의, 민생주의)를
읽고 또 읽어서 조선민족의 쌓이고 쌓인 불만족과 불평이
일본의 압제에서 비롯된 것이라는 이론적 근거를 확인하고
너무나 기뻐서 마치 열병에 걸린 사람처럼 몇날 며칠을
그 내용을 머리속으로 정리하며 뜬눈으로 지새웠다.

대서방

아버지의 교훈

큰소리 한번 치는 것은 속 시원하고 좋은 일이지만

그것을 계속 지키며 사는 것은 쉽지 않다.

예나 지금이나 중요한 것은 오래 지속될 수 있는 일을

찾아내고 그것을 지키며 참고 살아가는 것이다.

이때까지 일본은 조선의 물자만 뺏어가다가 이제는

창씨개명으로 조선인을 일본인과 동일대우를 해주는 척하며

실제는 전쟁에 동원해 총알받이로 쓰겠다는 심보다.

총칼을 들이대는데 성을 바꾸게는 되겠지.

그러나 중요한 것은 나쁜 놈들의 속셈을 깨치고

그다음 대응을 현명하게 해야 한다는 것이다.

절대로 일본군에 지원하는 일은 하지 마라.

그리고 조심할 것은 그들을 공개적으로 비판하지 말지니

그들이 더 험악해지기 때문이다.

아끼고와의 데이트2

아끼고 집안과 제로센 전투기

상호는 아끼고와 남부국민학교(현 명덕초등학교) 근처의
들길을 거닐며 여유롭게 산책을 하였다.
학교생활, 독서(외삼촌이 주신 책), 운동 등으로 바쁘기도 하고
우연히 마주치지 않으면 서로 연락하기도 힘들어서 평소에는
자주 만나지 못했지만 오늘은 아끼고의 집안 애기가
재미있고 흥미를 돋우었다.

아끼고 아빠는 경북도 경찰국 정보과장으로
정보수집, 민심동향파악 등 안정적 통치를 위한 정보활동과
중앙부서와의 업무협조 등을 하고 도지사의 별도지시를
수행했다. 항상 중심이 잡혀있고 일을 또박또박 처리하여
주위의 신뢰를 받았다.

엄마는 몸이 약해서 소극적이고 방어적 성격인데
본인의 오빠, 즉 아끼고의 외삼촌이 아빠와 중학교 동창으로
현재 해군전투기(제로센) 베테랑 조종사로 해외에서 복무 중이다.
엄마는 외삼촌과 아빠, 셋이서 보냈던 결혼 전의 행복했던
시간들을 회상하며 지난 추억들을 하나씩 들춰내며 보내는
시간이 많아지고 아끼고는 가라앉은 집안 분위기를
활기차게 바꾸어 놓기 위해 모든 것을 밝고 명랑하게 대응한다.

상호는 아끼고의 명랑함이 집안 분위기를 밝게 유지하는 중에
생긴 습관이고 그러한 아끼고의 따뜻한 마음씨가 전해져서
겉보기와는 달리 속이 깊고 남을 배려하는 성숙한 여인의
모습을 느끼고 깜짝 놀랐다.
싹트던 일본인에 대한 거부감도 아끼고 앞에서는 눈 녹듯 없어졌다.
그리고 아끼고 외삼촌이 신문에서 읽던 제로센의
조종사라는 것을 알고 난 후 제로센에 대한 관심이 많아져서
《항공소년》 잡지를 구독하기 시작했다.

제로센 전투기

당시 미쓰비시 중공업이 만든 전투기로서
엔진출력은 925마력으로 평범했지만 해군의 무리한
요구를 충족시키기 위하여 조종석의 안전보호 장갑판을

떼어내고 연료탱크 봉합장치도 생략하여 초경량화를 이루어
장거리 항속능력과 순간상승력, 선회능력 등이 우수해서
탁월한 기동력을 갖춘 당시 최고의 함상 전투기였다.

당시 획기적인 해군성의 요구조건을 최대한 수용한 제로센 제원은
다음과 같았는데 당대 최고 기술이 집약된 작품이었다.
명칭: 영식함상전투기(零式舰上戰鬪機) 별칭: 제로센
전폭 12.0m, 전장 9.05m, 전고 3.53m
자체중량 1,754kg, 최대속도 533.4km/h(고도 4,550m)
항속거리 2,222km(표준상태), 3,350km(보조탱크 장착시)

제로센이 도입될 당시, 뛰어난 기동성과 상승속도, 긴 항속거리,
높은 고도에서 전투가 가능한 능력 등으로 놀라운 성과를 보여
연합군 조종사에게 공포의 대상이 되었는데
특히 중일전쟁 등에서 공중전 경험을 쌓은 숙련된
일본군 조종사들의 노련한 조종술과 결합되어
태평양전쟁 초기에 성능이 떨어지는 구식항공기에
숙련도 낮은 조종사들이 많았던 연합군을 압도해서
연합군 지휘부에 큰 충격을 주었다.

신문들은 제로센 전투기의 우수한 성능과
각종 전투에서의 성과를 극찬하여 일본의 팽창주의가
끝없이 이루어질 것 같은 환상을 불렀다.

상용이의 경북중학교 입학 1941/4

역시 공부는 상용이가 잘해.

상용이는 학업성적이 뛰어나고 지적 호기심이 강하며

사고에 깊이가 있고 과학기술 방면에 소질이 있었다.

상호는 종류를 불문하고 여러 가지 운동을 좋아하고

무술 중에서는 유연함이 좋다고 유도에 열심이었고

외삼촌의 영향인지 역사 정치에 관심이 많아서

독서도 그쪽 방면의 책에 진도가 빨랐다.

반면에 상용이는 운동보다는 바둑, 장기 등 두뇌 게임에

더 빠른 진도를 보이고 독서도 과학기술 쪽의 책 읽기를

좋아해서 이해가 깊고 학업성적이 뛰어났다.

그래도 상용이는 상호를 많이 따랐고 상호도 상용이의

서로 다른 면을 존중하여 서로가 아끼며 형제애가 돈독해서

주위의 부러움을 샀다.

그런 가운데 부모님들은 상용이가 몸이 약하다고 걱정이었고

평소에 운동이나 외부활동을 늘리라고 늘 독려하셨다.

외삼촌과 상호, 상용의 대화

외삼촌이 책을 골라서 한켠으로 밀어놓고 말씀하셨다.

이것이 구한말에 사용했던 국기, 태극기다.

3·1운동 때 많은 열사들이 이 깃발을 흔들면서

대한독립만세를 외치고 감옥 가서 돌아가셨다.

이것이 우리 민족의 상징이요 독립의 징표다.

조선은 조선인이 다스려야 한다.

일본인이 조선을 다스리니 모든 문제가 여기에서 발생한다.

그러나 현실은 일본의 국력이 중국을 압도하고 공업력,

기술력, 군사력이 세계열강에 손색이 없으니 지금은 일본을

조선의 힘으로 꺾을 수는 없다. 중국도 일본과의 전쟁에서

대패하여 힘이 부족함이 만천하에 드러났으니 해안지역은

모두가 일본군이 점령하였고 중국군은 내륙으로 쫓겨가서

겨우 명맥을 유지하고 있는 정도이다.

이제 희망은 오직 미국뿐이다.

미국의 도움을 이끌어 내야만 조선독립이 가능할 것이다.

나는 내년부터 영어를 배워 미국망명을 준비하겠다.

그동안 상호는 내가 추천해 준 책을 잘 소화해냈다.

일본이 처한 현재상황에서 선택할 수 있는 여러가지

가능성과 선택지에 관한 책도 있었고,

중요지식 과학과 핵심산업의 전개에 관한 책도 여러가지,

정세를 판단하고 나름대로 전략을 펼쳐 나가는 지도자들의

자전적 책들도 여러 권 읽었으니 사상적인 눈높이도 많이

높아져서 웬만한 것은 스스로 판단할 정도가 될 것이다.

그러한 것들을 활용하여 상호, 상용이가 조선내에서 힘을

기르며 젊은이들을 양성하여 단단한 조직을 구축해다오.

구성원들이 튼튼한 체력을 갖추는 것도 중요한 일이지만

과학기술을 중점으로 일본에 뒤지지 않는 기술력 공업력을

우리 것으로 만드는 일을 등한시 하지 않아야 하겠지.

우리 세대에서 다 이루어내지 못하면 다음 세대애서라도

이루어질 수 있도록 우리가 초석이 되도록 하자.

전쟁이 어떻게 진전되는가를 잘 살피고 미국, 영국,

소련의 연합국이 승리하게 되면 그들의 도움을 받아

조선독립을 도모하고, 만약 일본, 독일이 승리하면

내가 먼저 미국에 망명하여 터전을 잡고

너희를 부를 것이니 거기서 같이 길을 찾자.

상호, 상용은 외삼촌이 곧 집안을 소용돌이로 몰고갈 것

같아서 아버지에게 따로 보고하지 않았다.

태평양전쟁

진주만습격 1941/12/7

석유확보가 일본의 전략에 근본적 취약점이었는데
80% 이상을 미국에서 수입하고 있는 중에
미국이 중일전쟁의 부당성을 지적하며 석유수출을
제한하려는 움직임을 보여 일본의 고민이 컸다.

당시 가장 많은 항공모함과 제로센 전투기를 보유한
일본은 동남아시아의 풍부한 석유와 지하자원 확보를 목표로
진주만습격을 감행하여 미국과 교전하였다.
하와이의 진주만에 기지를 둔 미국 태평양함대에 치명상을
입혀 힘을 회복하기 이전에 동남아시아를 점령하고 섬들을
요새화하여 미국과 장기전으로 가서 평화협상을 유도한다는
일방적인 구상에서 시작한 작전이었다.

그러나 이것이 전술적으로는 완벽한 일본의 승리였으나
전략적으로는 미국이 고립주의에서 벗어나게 해서
참전법이 미국의회에서 만장일치로 통과하는 계기가 되어
세계 최고의 공업력과 기술력을 가진 미국을 상대로
힘겨운 싸움을 시작하는 어리석은 실책이었다.

이후 미드웨이 해전을 변곡점으로 일본은 한 번도 반등하지
못하고 계속 패망의 나락으로 곤두박질쳤다.

미드웨이 해전 1942/6/4~6/7

진주만 습격에 이은 남방작전은 대성공을 거두었다.
미국령 괌, 영국령 홍콩, 말레이지아, 싱가포르와 석유산지인
네델란드령 동인도, 영국령 버마 까지 점령했다.
1942년 5월 일본은 동남아시아 전역을 완전히 지배하여
고대하던 석유, 고무 등의 전략자원 수급이 가능해졌고
모두가 승리에 도취했지만 전략자원을 일본으로 안전하게
수송하기 위해서는 태평양에서의 제해권과 제공권은 필수였다.
이러한 배경이 미드웨이 해전으로 이어졌다.

압도적인 전력을 앞세운 일본해군의 자신감 넘친
작전으로 미군의 미드웨이섬으로 진격했다.
일본은 이 전쟁으로 태평양에서 우세를 확실히 굳히는 계기가
될 것이라고 확신했다.

양국의 전력은 일본의 압도적 우세 3:1
항공모함 6:3, 전함 11:0

미군은 일본군의 암호를 해독하여서 일본함대가 미드웨이를
공격목표로 오고 있다는 것과 위치와 날짜를 정확히 알고 있었고
매복을 준비하여 전투를 대비하고 있었다.

실수와 행운이 교차한 가운데 결과는 일본이 대패했다.
일본은 항공모함 4척과 경험 있는 조종사를 많이 잃고
이후 일본은 공세의 기가 크게 꺾이고 끝없이 지속될 것
같았던 제로센의 명성에도 종말이 찾아왔다.

제로센의 추락

더 높은 고도에서 고속으로 강하해서 일격을 가하고

다시 빨리 도망가는 붐앤줌 전법.

F4F 와일드캣 전투기 비행대장 지미 타치가 고안한 타치위브

등으로 제로센에 대항하던 미군은 이후 알라스카 알루샨 열도에

추락한 제로센을 손상을 입지 않은 상태로 획득하여 장단점을

정밀분석하여 체계적인 대응책을 발전시켰다.

1. 제로센은 초경량으로 저속에서의 선회반경이 짧으므로

저속선회를 통해 꼬리물기를(Dog Fighting) 절대로 하지 말라.

2. 제로센은 구조적 강도가 약해 급강하능력이 떨어지므로

꼬리를 물릴 경우 급강하하면 벗어날 수 있다.

3. 저속성능은 뛰어나지만 시속 250km 넘어가면

롤성능이 급격히 떨어지므로 고속기동으로 끌어들여 대응하라.

이후 전투에서 미군기보다 제로센이 더 많이 추락하는

소모전이 지속되었고 미군조종사들은 제로센의 공포에서

벗어나 작전에 더 적극적이 되었다.

미국은 먼저 유럽전쟁 지원에 집중하여 태평양 전쟁은

1944년까지 큰 진전이 없었다.

오까 히사시 교장 취임 1942/4

와세다 대학 출신의 전형적 군국주의자인 오까 히사시가
마산상업에서 대구상업학교 8대 교장으로 부임했다.
조선 학생이 일본인보다 더 우수한 것을 견제하기 위해
각 과목의 학력평가에서 조행점수라는 것을 추가하여
조행 50점, 학력점 50점 총 100점으로 평가하게 했고
일본 학생에게 조행점수를 더 주어서 총점에서
조선 학생보다 더 우수한 성적이 나오게 했다.
종전에는 교과의 성적평가를 100점 만점으로 기준을 정하여
시행하였으며 조행평가를 점수계산 없이 참고하였다.
이러한 평가제도는 개교이후 계속된 관습이라서 누구나
당연하다고 판단되었는데 이것이 뒤집어진 것이다.

대구상업교는 개교 때부터 조선인과 일본인의 입학비율을
50:50으로 꼭 지켜서 유지해왔다.
그러나 조선인은 응시자가 많아 10:1 이상의 관문을 뚫어야 하고
일본인은 지원만 하면 합격하니 입학 때부터 서로 수준의 차이가

컸고 그러니 자연적으로 성적의 상위권은 조선 학생이고
하위권은 일본인 학생 몫이었다.

이러한 현실에 자존심이 상했는지 조선인 우위의 현상을
뒤집어 놓으려고 기상천외한 대책을 내어놓았으니 이것이
조행점수제도였다.
아무리 학과성적이 좋아도 조행이 나쁘면 하위권으로 떨어졌고
대부분의 조선 학생들이 영향을 심각하게 받았다.

태극단의 시동

상호는 외삼촌의 주장에 동의하는 한편 자신이 읽은
책들의 내용 중 손문의 삼민주의와 간디의 무저항주의에
큰 감동을 받고, 특히 인도독립을 위해 신명을 바치는 각오로
단식으로 영국에 저항하는 간디의 기사를 읽고, 우리도
이러한 운동을 배워서 실천해야 하고 이를 따르기
위해서는 중학생 때부터 동지들을 모으고 민족의식을
고양하고 체력을 단련하고 과학기술 기초를 양성해야
한다고 판단하고 동생 상용이를 설득하여 행동으로 옮겼다.

청년 학생들로 이루어진 정기적인 모임을 만들기로 한
상호 상용이는 1942년 6월 초순 활동목표를 설정하여
상용이의 국민학교 동기생인

경북중학교 2년생 신정건조(新井健助),

대구고등소학교 2학년 옥전우일(玉田宇一),

대구상업학교 2학년 김종우(金鐘宇), 이태원(李兌遠),

대구직업학교 1년생 윤삼룡(尹三龍), 경북중학교 최두환(崔斗煥)

등의 동의를 얻어서 규칙적인 단련과 연구를 하기로 하였다.
그해 6월경 체력단련으로 동인동 풀장에서 수영훈련을
4회하고 이상호 집 앞 공터에서 과학기술체험으로 제로센을
본떠서 나온 모형비행기를 조립하여 날리기를 3회 하여서
동지양성에 노력하였다.

그러나 8월 초 여름방학이 시작할 무렵부터는 참가하는
사람들이 없어서 모형비행기 조립 작업과 풀장에서
수영하는 것을 이듬해 4월까지 중지하기로 하고
단원양성을 유보하였다.

큰 뜻을 세우고 행동에 옮겼지만 호응을 얻지 못한 상호
상용이는 그 이유를 찾기 위해 여러 가지를 생각하며
의논하며 여름방학을 보냈다.

아끼고와의 데이트3

10월의 어느 토요일 오후, 둘이서 방천둑길을 걸었다.
여름 장마 때는 둑을 넘치던 물길도 메말라서 바닥이 드러나고
돌멩이들과 흙이 여기저기 흩어져서 햇살을 반사하고 있었다.
아끼고가 어두운 얼굴로 낮은 톤으로 침울하게 얘기를 했다.

아끼고 엄마의 얼굴이 요즘 영 안 좋다.
본인의 건강도 문제이기도 하지만 조종사인 오빠의
부상소식이 날아들어 와서 침통하다 못해 온 집안에
찬 서리가 내려 냉골이다.
전쟁이 시작된 것은 오래되었고 부상과 사망소식이
어제오늘 일은 아니지만 집안의 기둥인 오빠가
큰 부상을 입어 큰 수술을 받았다고 하고 본토로 후송은
되었지만 회복이 수개월 걸리고 재활시간도 오래 걸려서
정상생활이 가능할지도 명확하지가 않다고 하고
아직 면회도 허락되지 않아서 정확한 내용도 모른다고
울며 말씀하시는 아끼고 외할머니 전화를 받고

어찌할 바를 모르고 눈물만 흘렸다.

온 국민이 전쟁에 휩쓸려갔다고는 하지만 아직까지
중국에서는 연일 승전보가 터졌고 희생자가 있다지만
소수에 그쳤으니 괜찮다고 생각하고 있었는데
막상 두 남매 중에 오빠가, 집안의 모든 기대와 부담을
감당하고도 전혀 내색하지 않던 그 든든하던 오빠가
부상과 수술에 의식이 혼미하다고 하니 도무지 상상도
되지 않는 일이고 거기에다 아무런 대응책 없이
쩔쩔매고 있는 아끼고 외할머니를 안정시킬 방법이
현재로서는 전무하니 더욱더 답답하다.

외삼촌 부상 다리 수술
목숨을 건진 것도 다행

아끼고가 눈물을 보였다.
집안을 억누르고 있는 걱정이 너무나 커서
아끼고 혼자서 감당이 안 된단다.
엄마는 혼자서 수습해본다고 하지만
어차피 집안이 모두 뒤죽박죽이 되었다.
큰일에 신경을 쓰느라 주부의 일을 제대로 못 하니 금방
들통이 나서 아끼고와 아빠도 불려 들어가 외할머니와
병원에 수시로 전화하고 엄마를 달랬다.

상호는 아끼고의 가라앉은 모습을 처음 보고 말할 수 없는
연민을 느꼈다. 아끼고의 밝은 모습을 되찾을 수만 있다면
무엇이든 할 수 있을 것 같았다.
그러나 상호는 자기가 가는 길이 아끼고와 같을수 없다는 것을
알고 있었다. 아끼고의 슬퍼하는 모습에 상호의 마음도 찢어질듯
아팠고 위로를 한다고 가만히 손을 잡아주기도 했지만 상호는
자신이 다른 길을 선택하였음을 깨닫고 있었다.

조선민족은 일본의 압제에 시달리며 수많은 불평등과 불만이
쌓이고 쌓여서 모두가 시름 시름 앓고 죽어가고 있는데 이것을
못 본체 하고 넘어갈 수는 없는 일이다. 더군다나 일본통치부가
창씨개명, 조선어 금지 등 조선인 말살정책을 펼치고 있는데
지금 저항하지 않고 가만히 앉아 있는 것은 민족의 영혼이
소멸하는 것을 방관하고 있는 것이니 절대로 그럴수는 없다.
몸과 마음을 다하고 목숨을 걸고 싸워야 함을 당연히 알지만
상대가 모든것을 지배하는 세상에 살고 있으니 그 구체적 방법이
쉽지않아서 고심에 고심을 더하고 있는 것이다.
어슬프게 시작했다가는 상대에게 제대로 된 타격도 못주고
현실적인 결과를 얻지도 못하고 부모형제, 친척들에게 치명적인
피해만 입히고 자신도 돌이킬 수 없는 나락으로 떨어지는게
뻔히 보이는 실정이었다.

상호는 아끼고를 집까지 데려다 주고 말없이 헤어졌다.

부록2

상용이가 경북중학교에 입학 후(1941년 4월) 형제가 기념으로
사진을 남긴 것으로 추정된다. 상호 형이 앉아 있다.

이때 상호 형은 외삼촌으로부터 이미 많은 책을 전수 받아서
읽어보고 그 내용들에 심취하고 감동하는 과정을 시작한 지
2년이 되어서 상당한 수준의 일본어 실력과 높은 사상적
사고의 수평선에 도달하였다.
또한, 민족의식에 눈이 떠서 일본인들이 꼴값 떠는 게 거슬리고
학교에서나 길거리에서 조선인들을 차별하는 게 자꾸 보여서
마음이 편치 않은 경험이 많았으리라 짐작된다.

상용이 형은 척 보아도 대갈장군인데 다른 사람들보다 큰
컴퓨터를 머릿속에 넣고 다니느라 평소에 균형 잡기가 쉽지
않았을 것 같다. 우리 집안 형제 모두가 머리통이 커서 "곰배"라고
불리며 친구들의 놀림을 받았는데 그중에서도 상용이 형이
당연히 일등이라고 판단된다.
기억력 테스트, 암산능력 혹은 이해력 등 어느 부분에서도
남에게 지고 싶지 않은 모습이 사진에서도 보인다.

어쨌든 두 분은 서로 사이가 좋았다.

제로센 전투기

1937년 중일전쟁이 시작되고 일본 군부는 중국의 광대한 영토를
대상으로 장거리 폭격기의 필요성이 부각 되었고, 또한 폭격기를
호위하는 전투기를 공중전 성능 향상과 최대 속도 500km 이상
등의 당시의 엔진 수준으로는 달성하기 어려운 것을 요구했다.
이를 만족시키기 위해 미쓰비시 중공업은
- 초경량화를 위해 초초두랄루민 채택
- 조종석의 보호용 장갑판 제거
- 주날개 전체를 하나로 제작하여 연결부 제거
- 랜딩기어를 접이식으로 하여 공기저항 최소화 등을 채택했다.
즉, 경량화를 통해서 짧은 반경 내에서 선회가 가능하여 공중전
능력을 향상하고, 경량화를 통해 기체 중량이 가벼워질수록
최대 속도를 높일 수 있었다.

초기 뛰어난 선회능력의 우수한 공중전 능력으로 연합군을 공포로
몰아넣었으나 이후 급강하 하면 기체가 떨리는 등 초경량화의
취약점이 드러나서부터는 이를 보완하는 것이 불가능하여
기세가 꺾였다. 특히 조종사 보호장치의 부족은 더욱더 치명적
이어서 모든 조종사는 초보자부터 시작하는데 보호장치가 없어
생존성이 나쁘고 베테랑으로 성장할 기회가 없어져서 양성하는 데
오랜 시간이 걸리는 고급인력을 빨리 소진시켰다.

태평양전쟁 당시 미군 주력 전투기였던 F4F 와일드캣 / 출처: 위키디피아

와일드캣 F4F

미국의 방산업체 그루먼의 Cat 시리즈 중 처음 나온 맏이다.
철공소 특유의 튼튼하고 신뢰도 높은 설계에 힘입어 스팩상으로
특별한 강점이 없이 실전에 배치되었고 전략적 주도권을
제로센에게 빼앗긴 데다 수적인 면에서도 열세이던 태평양전쟁
초반의 힘든 시기를 이겨내는 데 공헌했다.
즉, 붐앤줌과 타치위브 등 효과적인 전술운용을 통해 제로센과
대등 이상의 전투를 벌이며 일본군의 제공권 장악을 저지하여
역전의 발판을 쌓는 데 큰 기여를 한 것이다.

와일드캣은 속도, 상승력, 선회능력 등 대부분의 수치가 제로센에
미달했지만 조종석 방탄판과 캐노피(조종석 덮개)의 방탄유리는
조종사를 상당 부분 지켜 주었고 제로센의 경우는 방탄판은
아예 없었고 캐노피도 아크릴판이었다.
또한, 연료탱크의 자동방루 설비는 웬만한 기총탄의 피해에도
연료 누출 없이 비행할 수 있었지만 제로센은 연료탱크에 총알
한 방만 맞아도 연료가 누출되고 폭발로 이어졌다.

제로센의 에이스 사카이 사부로는 5~6백 발의 기관총탄을
그루먼에 직접 퍼부은 다음에도 추락하지 않고 계속 날고 있는
그루먼을 확인하고 제로센이었다면 불가능했다고 회상했다.

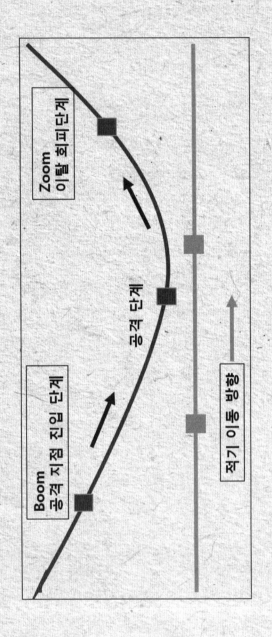

붐앤줌

제2차 세계 대전 당시의 전투기의 공중전(도그파이트) 전술로,
에너지 파이팅 전술의 일종이다. 충분한 고도를 확보한 상태에서
급강하(Boom)하며 일격, 이때 얻은 가속도를 바탕으로 적
무장 사거리 밖으로 신속히 이탈한 뒤 급상승(Zoom)하여
다시 일격과 이탈을 반복하는 전술이다.

이 전술이 실현 가능하려면 기하학적으로 말하자면 미리
갖고 있던 고도 우위, 즉 위치에너지 우위를 운동에너지 우위,
다시 말해 속도 우위로 전환하며 공격했다가 다시 속도를
고도로 바꾸면서 재공격 위치를 잡는 데서 보이듯,
에너지 우위 상태를 활용하여 상대를 수세로 몰아넣는 전술이다.

따라서 붐앤줌 전술을 활용하기 알맞은 기체는 고속에서의
에너지 보존율이 좋고, 튼튼해서 흔들림이 적으며,
강하 제한 속도가 빠르고 화력이 강력한 기체였다.
제로센은 좁은 반경에서 선회능력이 뛰어나지만 기체가 튼튼하지
못해서 급강하할 때에 떨리고 흔들리며 불안정했다.
이 취약점을 잘 활용한 전술이다.

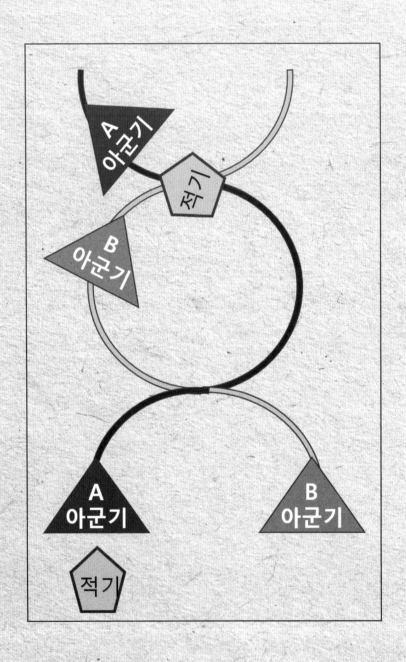

타치위브

제2차 세계 대전 당시 미국 해군 항공대 소속의 비행단 지휘관
겸 조종사 존 S. 타치 소령이 고안한 항공전술이다.
이 기동은 적기가 뒤에 따라붙었을 때를 노리는 방어용이다.

그림에서 적기가 아군기 A를 쫓는 동안 B가 공격하게 된다.
그러니까 적기가 따라붙으면 적기에게 뒤를 잡힌 전투기는
계속 적 전투기를 끌고 다니고, 동료기는 적 전투기의 사각안
측면에서 적기를 공격한다는 것이 이 전술의 주요 골자다.
적기가 A의 꼬리를 물었을 때, A는 S자로 회피기동을 하며
적기의 사격을 피하고, A의 편대기 B는 A보다 살짝 느리게
역 S자를 그리며 적기를 공격하는 것이다.
미군 항공기는 각 기체마다 무전기가 설치되어 있었으므로
편대기가 서로 소통하면서 전술을 실행하는 것에 무리가 없었다.

타치위브 전술의 첫 실전데뷔는 미드웨이 해전이었다.
여기서 미 해군은 뇌격기를 호위하던 4기의 와일드캣으로
10기의 제로센을 상대해야 했던 압도적 열세 속에서
단 1기만을 손실하며 오히려 3기를 격추하는 성과를 거뒀고,
타치위브는 실전에서도 매우 효과적인 전술임이 증명되었다.

3부

젊은 투사들

상용이의 죽음 1942/12

'내가 상용이를 힘들게 했구나.

아픈 중에도 형을 돕는다고 친구들을 모으고 설득하고

하면서도 한 번도 불편한 기색도 없이 우리의 목표를

위해서 헌신해주었구나.

아! 나는 오로지 내 생각에 빠져서 가장 큰 동지인

상용이의 고통을 알아차리지 못하고, 느끼지도 못한

정말 멍청한 바보로구나.

참 내가 부끄럽다.

이러한 나를 죽을 때까지 그렇게 지지해주다니….

상용아! 태극단을 꼭 성공시켜 나중에 저승에서 너를

만날 때 상용이 앞에서 내가 부끄럽지 않게 하겠다.'

낙제 1943/2

상호는 학과평균성적이 90점대가 넘는 우등생이었다.
화장실을 갈 때 콘사이스를 찢어 가지고 들어가서
다 외우고 휴지로 사용하고 버리는 수재였다.
그러한 그가 학기 말 일본어 시험에 백지를 냈는데 그 이유는
시험문제가 일본황제를 신격화하는 유치한 내용이라
그 치졸함에 상호가 환멸을 느꼈기 때문이다.

이 사건을 오까 히사시 교장이 교무회의에서 문제 삼아
조선인 학생들에 대한 본보기로 삼기로 하여
모든 과목의 조행점수를 최저점수로 처리하게 하여
자동 낙제가 되어 유급조치 되었다.
어느 누구도 이 조치의 부당성을 지적하거나 반대하고
문제 삼을 수 없었다.

TKD활동과 검거

동지규합

1943년 3월 20일 집 거실에서 단 조직계통을 구상하여 편지지에
초안을 작성한 이상호는 이튿날 대구부 남산정에 사는 대구중학교
4학년 최용기의 집을 찾아가서 조직계통을 적은 편지지를 보이며
조선독립을 위해 함께 활약하고자 가입을 권유하였다.
최용기는 자기는 단체에 가입하는 것을 원치 않으며 시국에
순응하므로 근본적으로 반대한다고 하자 집으로 돌아와 다시
숙고 검토하여 '태극단 조직계통 강령 규약서'를 작성했다.

기초적인 체계를 완성한 이상호는 입학동기인 김상길을 4월 18일,
서상교를 4월 19일에 설득하여 조선민족해방을 목적으로 하는
태극단을 조직하여 활동하기로 하고 4월 20일 오후 7시
자택에서 김상길 서상교와 회합하여 조직표를 제시하고

총 대강을 여러 번 낭독하여 찬성을 얻어냈다.

단장에 이상호 체육국장에 서상교 관방국장에 김상길로
정한 3인은 조선독립을 목표로 하고 심신단련과 과학연구
활동을 주로 하는 모임을 전파하여 급격히 동지가 늘어나서
4월 23일 대구상업학교 입학 동기인 5학년생 김정진,
4월 24일 대구공업학교 기계과 2학년생인 윤삼용,
4월 25일 대구상업학교 후배인 3학년생 이태원,
같은 날 경북중학교 2학년생이며 상용이의 친구인 최두환,
4월 27일 대구상업학교 후배인 3학년생 김종우 등이 가입하였다.
그 후 김상길이 조직 확충에 적극적으로 나서서 5월 10일
대구상업학교 교정에서 4학년에 재학 중인 이원현을 가입시키고
5월 14일 5학년 동급생인 이준윤을 봉산정 242번지의 하숙집에
방문하여 태극단의 뜻을 말하고 가입시키고,
또한 5월 19일 그의 자택을 방문한 대구상업학교 4년생 정광해와
정환진을 조선독립을 위한 태극단을 조직함을 알리고 가입시켰다.
정광해는 김천군 과곡국민학교 출신이고 정환진은 대구
남산국민학교 출신이었다.

그리고 서상교 이원현 이태원 등이 3년생 하두영, 박규인,
손문호, 안창용, 박상포, 강기인, 황칠암, 안광선, 정병준 등을
가입시켜서 순식간에 수십 명에 도달하였다.

간부회의

5월 2일 단장 이상호 관방국장 김상길 체육국장 서상교 최두환
등 4명이 모여 봉덕동 용두산 중턱의 소나무숲에서 간부회의를
개최하고 태극단 조직강령을 심의 결정하였다.

편지지 2장에 적은 조직강령을 이상호 단장이 낭독하고
설명하니, 당시 서상교가 결사의 명칭을 태극단으로 하지 말고
훈련구락부로 하자고 제의하였으나 이상호 단장이
태극단은 구한말의 국기인 태극기를 상기하여 명명한 것으로
우리 결사의 목적이 조선 국가의 재건, 즉 조선독립에 있으므로
태극단이 취지 목적에 부합하는 명칭으로 볼 수 있다고 설명하니
일동 모두 그 기본안에 찬성하고 통과시켰다.

또한, 이상호 단장이 각 부서 책임자 선정방법을 어떻게 할 것인가
의견을 묻자 모두가 이상호 단장이 숙고하여 임명하도록 결정했다.
이상호 단장이 단의 상징으로 마크 제작의 필요성을 설명하고
그 견본을 김상길에게 고안할 것을 제의하여 가결하였다.

결성식

각 조직의 책임자를 구상하고 선정하는 중에 태극단 결성식을
5월 9일 앞산에서 열기로 하고 이를 위해서 5월 7일 이상호,
서상교, 김상길, 이원현 등 4인이 반월당 앞에서 회합하여
등산에 필요한 휴대품에 대해서 협의하고 5월 8일에 10명이
집합하여 최두환, 윤삼룡에게도 참석할 것을 권유하였다.

당일 이상호, 서상교, 김상길, 김정진, 윤삼룡, 최두환, 이상학,
김종우 등 10여 명이 앞산 입구에서 만나서 앞산 중턱에 있는
은적사 부근에서 각자 휴대한 쌀을 내어 점심을 지어 먹었다.

그러나 참석자가 적어서 결석자가 과반이 되니 이상호 단장이
당일의 결성식을 중지하도록 말하여 참석자들의 동의를 얻었다.
이후 5월 22일 이상호, 김상길, 이준윤 등이 김상길의 집에 모여
1학기 중간시험이 끝나고 6월 6일 일요일에 팔공산에서 새로이
단 결성식을 거행하기로 결정하였다.

체포

그러나 일경의 첩보로 5월 23일 이상호 단장이 대구경찰부
고등계 형사에게 체포되었다. 체포된 그 날부터 여러 명의 형사가
덤벼들어 주먹질은 물론 구둣발로 차고 몽둥이로 개를 잡듯
두들겨 패서 온몸이 찢겨 피투성이가 되고 걸음도 제대로 못 걷고
겨우 기어서 움직이는 빈사 상태에서도 동지들의 안위를
염려하여 함구하고 모든 것을 부인하였다.
그러나 형사들이 이상호의 집을 책방, 다락, 마루 등 구석구석을
샅샅이 뒤진 끝에 천장 한쪽에서 태극단 조직 강령 등의
관계문서를 찾아내서 모든 것이 드러났다.

5월 25일 학교에서 수업 중이던 김상길, 서상교, 김정진,
이준윤, 이원현, 윤삼용, 정광해, 이태원, 정완진 등 9명이
체포되어 대구경찰서 유치장에 수감되었다.
5월 27일에는 준단원 등 전원이 체포되니 모두 26명이 되었다.
그중 16명은 28일에 석방 귀가하고 나머지 10명은
취조실에서 연일 고문 속에서 심문을 당했다.

유치장

이틀 뒤에 수감된 서상교는 유치장에 들어갈 때 옆방에서
누군가가 나오는데 걷지도 못하고 엉금엉금 기어 나오는데
보니 이상호 단장이었다고 증언했다.

유치장은 한마디로 지옥이었다.
절도, 강도, 사기, 폭력 등의 잡범이 우글거리며 변기를 베고
잠자며, 밤낮없이 켜놓은 희미한 백열등 아래
빈대, 벼룩, 이 등과 싸우며 3평 남짓한 방에 수십 명 가까이
있으니 돌아누울 틈도 없었다.

기름 짠 콩깨묵에다 보리쌀을 약간 넣은 식사는 극도의
영양실조를 가져오고 게다가 가끔 불려가 모진 고문이 가해지니
건강과 올바른 정신을 부지할 수가 없었다.
수감 1개월도 못 돼서 많은 동지가 장티푸스 등 병을 얻어
열이 40도를 오르내리며 헛소리까지 하니 왜경들도 전염이 두려워
격리조치를 하고 유치장 보호실로 옮기는 등 임시조치를 하였다.
이준윤은 빈사 상태로 9월에 출감하였다.

일본통치부의 긴장

일본경찰은 조사가 진행되면서 나타나는 사건의 전모에 크게
놀라서 도정의 최고지도부에 보고하였고 최고의 정예수사팀을
투입하여 모든 구성원을 철저히 조사하고 그 배후의 뿌리를
찾아내려고 혈안이 되어서 조사기간만 근6개월을 끌었다.
또한, 지도부에 보고할 수 있도록 철저한 기록을 남겼다.

첫번째 떠오른 가능성은 일본에서 활동하는 조선인 단체였다.
그러나 일본내의 조선인 단체들이나 요주의 인물들에 대한
정보와 분석은 일본본토경찰이 이미 철저히 조사,관리하여서
1940년 이후에는 그러한 단체들도 거의 없어지고 활동도
거의 없어져서 전혀 문제가 없다는 통보를 받았다.
그다음 배후세력으로 떠오른 가능성은 중국이었다.
상해정부는 중국정부를 따라서 1940년 이후 중경에 자리 잡아
조선으로의 왕래가 끊어졌지만 일본경찰은 동지들과 가족들을
계속 추궁해 나가서 그들은 하루도 마음 편히 쉬지 못하고
고통과 고초의 나날을 이어나갔다.

계속된 수사에서도 새로운 실마리를 잡지못한 일본경찰을
더욱더 괴롭힌 것은 구성원들의 확고한 태도와 치밀하게
준비된 조직및 원대한 목표였다.

1. 유치장의 열악한 환경과 일본경찰의 강압적인
   공포 분위기와 협박에도 불구하고 모든 구성원이
   조선독립에 공명한다고 진술했다.

2. 일본인과 조선인의 차별대우를 각자가 기술하였는데
   청소년 학생들의 눈에 비친 당시의 **불평등이 너무나**
   선명하여 일본경찰도 놀랐다.

3. 태극단이 우발적이고 충동적인 모임이 아니고 사전에
   치밀한 계획과 조직, 활동강령을 갖추고 체계적인
   독립운동을 준비한 모임이었다.
   중학생 몇 명이 주도한 모임이 어떻게 이런 조직과 계획을
   준비할 수 있었는지 일본경찰은 도무지 이해할 수 없었다.

4. 간디의 비폭력 무저항주의에 감명을 받아 조선독립을
   당면의 목적으로 하고 최종목적을
   인류의 평등, 평화, 자유로 규정하였다.
   일본경찰이 이때까지 들은 적이 없는 문구들이었다.

피의자 심문조서 이상호

문: 씨명, 연령, 신분, 직업, 주소 및 본적은?

답: 이름은 이상호이며 고쳐서 대산 상호라 하고 연령은
    당 18세이며 신분은 호주 이진희의 장손이며, 직업은
    대구상업학교 4학년이고, 주거지는 대구부 덕산정
    75번지이며, 본적은 대구부 봉산정 37번지입니다.

문: 지금까지 범죄처분에 대한 형벌은 있는가?

답: 없습니다.

문: 너의 가족관계는 어떻게 되는가?

답: 가족관계는 다음과 같습니다. 조부는 이진희 67세,
    아버지는 이권수 41세, 어머니는 태희로 37세,
    동생은 상기 12세, 상린 8세, 익조 4살, 상보 2살,
    여동생 봉춘 10살, 저를 합해 9명이 같이 살고 있습니다.

문: 재산 정도는 어떠한가?

답: 나에게는 자산이 없고 아버지는 동·부동산을 합쳐서
5천 원 정도를 가지고 있고, 대서사를 개업하여 이것의
수입으로 생활을 하고 있어서 곤란한 것은 없습니다.

문: 학력과 경력은 어떠냐?

답: 1938년 3월 덕산국민학교를 졸업하고, 같은 해 4월
대구고등소학교에 입학하고, 이듬해 4월 대구상업학교에
입학하여 현재 동교 4년에 재학 중입니다.

문: 종교관계는 어떤가?

답: 조부는 불교를 믿습니다만, 나와 다른 가족들은 종교와
관계가 없습니다.

문: 너는 사상 방면에 관해서 어떤 서적을 읽었는가?

답: 나는 1942년 초경부터 지금까지 읽었던 사상 방면의 책은
다음과 같습니다.
이것을 다 보고 나서는 그때 대구 시내 고서점에 팔았습니다.
때문에 저작자 등은 모릅니다.
그 책의 이름은 《미견으로의 출발》,《과학에로의 사색》,
《지도자를 위하여》,《지나통사》,《나의 투쟁》,
《철로 과거로》,《삼국사》,《서향남대》,《단종애사》,
《전시경제강화》,《풍신수길》 등입니다.

《단종애사》는 조선문으로 되어 있고 다른 것은 전부
일본어로 되어 있습니다.

문: 사상관계 단체에 관계했는가?
답: 없습니다.

문: 너는 김상길 등과 같이 태극단을 조직한 일이 있느냐?
답: 그와 같은 관계의 조직을 하려고 준비 중에 있었습니다.

문: 그러면 그 동기와 전말 등을 상세히 말해보라.
답: 먼저 그 동기에서부터 차차로 말씀드리겠습니다.
　　1941년 12월 대동아전쟁이 일어난 이래 〈대구일일신문〉,
　　〈동경일일신문〉 두 신문사에서 발행하는 월간잡지를
　　구독하는 중에 이들 잡지에서 인도, 버마 등의 독립
　　가능함을 알게 되었습니다.

　　또한, 인도의 간디가 그의 조국 인도독립을 위해 신명을
　　바치는 각오로써 독립운동을 계속하여 단식을 결정하여
　　영국에 저항하는 기사를 읽고 우리 조선독립의
　　필요성을 느끼고 1942년 5월 중순경 조선독립을 위하여
　　활동할 것을 결정하고 여러 가지 연구를 한 결과
　　단체의 명칭을 구한국시대의 국기인 태극기를 생각하고
　　태극기의 이름을 붙인 것은 조직을 조선독립의

운동단체로 정의하였던 것입니다.

그 후 상용이와 태극단의 시동을 하고 8월에는 참석자가 없어서
모형비행기를 만드는 것과 수영장에 가는 것을 중지하였는데
이것이 요컨데 태극단 조직의 동기이며 기초입니다.
1943년 3월, 5학년에 진급이 되지 못하고 낙제하였는데 이는
오까 교장의 조선인 학생에 대한 불공평한 조행점수 채점
때문으로 학교 당국에 불평불만이 점점 커지게 되었습니다.

1943년 3월 21일 평소 알고 지내는 대구중학교 4년생 최용기의
자택을 방문해 그의 공부방에서 전일 입안한 태극단 조직계통을
보이면서 그의 의향을 물었더니 최용기는 자기는 단체를
조직하는 것에 찬성하지 않는다고 거절하여 나는 그대로 집에
돌아와서 태극단을 동지와 같이 할 것인지 여러가지 생각하다가
오후 9시 거실에서 편지지를 사용해서 태극단의 조직계통과
강령 규약을 초안하였습니다.

4월 18일 일요일 12시경, 일찍부터 친하게 지내던
대구상업학교 5학년생 김상길(金相吉)을 대구 충혼탑 우측
광장에서 만나서 금번 대동아전쟁을 기회로 인도와 버마가
조국재건운동을 일으켜서 정히 독립실천의 가능성이 있고,
또한 인도의 간디옹이 신명을 돌아보지 아니하고
조국 갱생을 위하여 투쟁을 계속하고,

영국에 대한 이 간디옹의 무저항주의적 전술은 무기가
없는 피압박민족 해방운동의 지침이 될 만하고 참으로
간디옹이야말로 피압박민족의 선각자로서 숭배할 만한
위인이라고 설명하였습니다.

그리고 한일학생의 공학인 우리 대구상업학교 내에
있어서 오까 히사시 교장의 방침에 대해서 불평불만을
지적하고 조행채점방법은 조선인 학생에 대한 차별대우이며,
이는 우리들 조선은 나라가 없어 이런 냉대를 받는 것이기에
나는 예전 조선을 그리워해서 왔노라 하고 그때
"너는 어떤가?" 하고 물으면서 그의 의사를 타진했습니다.

그러니 김상길 자신도 나의 의견에 찬성한다고 해서
우리들은 조선민족해방을 목적으로 하는 클럽을 조직하고
동지를 규합하여 투쟁하는 것으로 조선독립도 가능하게
한다고 생각해서 서로 굳게 손잡고 이 같은 비합법적인
그룹을 만드는 초안을 작성하겠다고 하니
김상길은 승낙한다고 확실히 그 태도를 표했습니다.

4월 19일 오후 7시 대구상업학교 5년생 서상교(徐尙敎)가 나의
집을 방문하여 앞서 김상길과 이야기했던 것과 같이
조선독립을 목적으로 하는 단조직 계획을 말하고 그가
승낙한 후 조직계통을 설명해서 동의를 얻어 함께

동지규합을 약속하고 4월 20일 최두환(崔斗煥),

4월 23일 김정진(金正鎭), 24일 윤삼룡(尹三龍),

25일 이태원(李兌遠), 27일 김종우(金鐘宇),

5월 7일 하두영(河斗永) 등의 동지들이 규합되고,

다른 동지들이 규합했다는 것을 나에게 보고해온 것은

다음과 같습니다.

김정진으로부터 김광연(金廣淵) 1명, 김상길로 부터 이준윤

(李浚允), 정환진(鄭晥鎭), 노정열(盧定烈), 하두영 등 4명,

서상교로부터 김정하(金井夏), 이응락(李應洛) 등 2명이고

서상교와 김상길 두 사람으로부터는 이원현(李元鉉) 외

1학년생 5명이고 이원현으로부터는 황칠암(黃七岩),

안광선(安光璿) 등 2명이고 이태원으로부터는

정병준(鄭炳準) 1명이었습니다.

그 후 5월 2일 오전 10시 대구부 봉덕동 용두산 숲에서

서상교와 김상길, 최두환 등 간부들과

회합해서 나는 당시 가지고 있던 단 조직강령 등을 말하고

한 줄 한 줄 읽고 다시 설명을 더하여 동의를 얻었고

당시 서상교는 단 명칭을 태극단이라고 하지 말고 훈련단체라고

하는 것이 어떻겠냐고 제안이 있었습니다. 그때 나는

태극단이라고 명명한 것은 구한국의 국기인 태극기를

생각해 내서 이렇게 붙인 것이라는 설명을 하고 단의

목적에서 태극이라고 하는 것이 타당하다 말해서 동의를

구했는바 그로부터 5월 9일 태극단 결성식을
거행할 것을 정하고 해산하였습니다.

문: 1943년 5월 9일 태극단의 조직 결성식을 거행하는 취지를
　　말해보라.
답: 5월 7일 대구 중앙통 반월당 앞 도로에서 나와 서상교,
　　김상길, 이원현등 4인이 회합하여 내가 5월 9일 앞산에
　　등산하여 단의 결성식을 거행한다는 것을 말하니 모두
　　찬성하여 등산에 필요한 휴대품에 대해서 협의한 결과,

　　1. 제모 맥구모자(밀짚모자)를 쓸 것.

　　2. 등산에 편리한 상의, 각반을 하고 신을 신고 양말을
　　　　착용할 것.

　　3. 지팡이, 수건, 휴지, 칼, 수통, 톱, 취사도구, 악기, 백미
　　　　(1홉 반 내지 2홉), 배낭, 시계 등을 휴대할 것을 결정하고
　　　　약 1시간 있다가 해산하였습니다.

　　9일 오전 8시 휴대품을 준비하여 김상길의 집에 가서
　　김상길과 이상학, 서상교와 이름을 잘 모르는
　　대구상업학교 1학년생 2명과 함께 8시 30분경 출발하여
　　앞산 입구의 주막에서 김정진, 김종우와 합류하여

앞산 중턱의 은적사 옆의 소나무숲에서 각자 휴대한
백미로 취사를 하여 점심을 먹고 난 후 오후 3시 산의
정상에 올라갔습니다.

실은 절 옆에서 점심을 준비할 때 김상길, 김정진,
서상교에게 단의 결성식의 출석률이 나빠서 후일 전원이
모였을 때 거행하자고 말하니 모두 찬성하였습니다.
그 일시는 후일 정하여 통지할 것을 결정하고 그날은
단순히 등산만 하고 결성식은 거행하지 않았습니다.
그 후 김상길의 집에서 이준윤과 회합하여 결성식에 대해
협의한 결과 중간시험이 끝난 후 6월 6일 팔공산에서
거행할 것을 결정했습니다.

문: 태극단의 목적은 어떤 것인가?
답: 조선은 일본제국의 식민지이기 때문에 식민통치하의
정치와 경제의 압박과 착취로 인해 우리 조선인 학우들은
상급학교와 육·해군 학교에 입학하는 것이 어렵고 은행,
회사, 관청 등에 취직도 어렵고 높은 관직에 오르지 못하고
따라서 생활에 안정을 확보하지 못합니다.

때문에 우리들은 우리들의 손에 의해 조선을
일본제국의 통치기반에서 이탈시켜 조선인에 의한
독립국가를 만들어 가는 목적달성을 위해

감수성이 예민한 학생층에 배일사상을 고취하여 조선독립을
위함과 동시에 체육을 연성하고 과학을 연구하여 심신 양면의
건투 발전을 계획하는 것입니다.

문: 그대는 언제부터 이런 생각을 가지게 되었는가?
답: 대동아전쟁(태평양전쟁) 개전 후 시국 잡지를 구독하니
　　버마 인도의 독립가능 기사를 읽고 조선독립의 필요성을
　　느꼈고 또 대구상업학교 오까 히사시 교장이 부임한 후
　　일본인과 조선 학생에 대한 차별대우가 더욱 심각해져
　　조행점수에서 일본생도에게는 좋은 점수를 주고
　　조선 학생은 학과점수가 아주 좋아도 조행점수가 나빠
　　성적이 나쁘게 되어 따라서 상급학교 진학을 위한
　　수험자격을 잃게 됩니다.

　　또한, 은행 회사 관청의 취직에도 일본사람에게 우선권이
　　있고 급료 또한 일본인에게는 가봉제가 있어서
　　같은 중학교를 졸업해도 일본인은 거의 배가 되는 급료를
　　받는 등 차별대우가 심하여 예전의 조선이 그리워져서
　　이런 생각을 갖게 되었습니다.

문: 태극단의 부서 및 역원의 사명은 무엇인가?
답: 태극단의 조직과 강령 및 단원의 사명은 다음과 같습니다.

A 조직

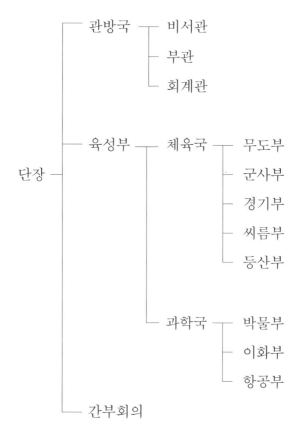

B 강령

TKD는 이상적 결속과 이상적 능률을 올리는 것을
목적 ○○○○으로 하고 최종목적은
세계인류의 영원한 평등, 자유, 평화이다.

1. 단장은 단의 일반사무 및 연성활동의 중핵으로 단을
   통솔하고 조선의 목적달성을 위하여 지도하는 것입니다.

2. 육성부는 태극단의 목적달성을 위하여 정신적
   체력적으로 단련하는 것으로 부에는 부감을 두고
   그 밑에 체육 과학의 2국을 두어 국장을 두고 국장 밑에
   부장을 두고 부감은 육성부 연성활동에 관한 전반적인
   지휘 감독을 하고 단장을 보좌합니다.

3. 부감은 상담역으로 참의 약간명을 둡니다.
   1) 체육국은 전 단원의 연성에 관한 체육 부분을 담당하고
      그 밑에 무도부, 등산부, 군사부, 경기부, 씨름부의 5부를
      두고 국에는 국장 1명 외 위원 약간명
   2) 과학국에는 전 단원 연성에 관한 과학 부분을 담당하고
      그 밑에 박물부, 이화부, 항공부의 3부를 두고 국에는
      국장 1명 외 위원 약간명, 이상 2국의 각 부장은
      담당부 내의 운동방침 및 예산 회계를 담당하고

3) 관방국은 단 활동의 중핵으로서 기획, 법안, 규약,
   임면, 상벌, 회계, 경계, 첩보의 사무를 담당하며 여기서
   경계라는 것은 학교, 경찰 등에 단의 사명이 발각되지
   않도록 하는 것을 말하며 첩보라는 것은 단의
   목적수행에 있어 필요사항을 조사하는 것을 말합니다.

국에는 국장을 두고 그 밑에 비서관, 부관, 회계관을 두고
국장은 전술과 비밀사무를 담당하고 비서관은 기획,
법안, 임면, 상벌의 사무를 관장하고 부관은 질서, 경계,
첩보의 사무를 관장하고 회계관은 금융, 회계, 예산사무를
관장하고 간부회의는 부장 이상으로 구성하며 기획, 법안,
임면, 상벌, 예산사무를 심의 결정하는 단의 최고
결의기관으로서 이의 소집은 의장 및 부의장이 합니다.

문: 그대가 초안한 태극단 강령 규약이라는 것은 이것인가?
   (이때 증거 제1호 편지지에 연필로 쓴 태극단 조직 강령 규약을
   공술자에게 보인다.)
답: 틀림없습니다.

문: 첫째 장의 TKD대강이라고 기재한 것은 무엇이냐?
답: TKD라는 것은 태극단의 약칭으로 태극단을 로마자로
   머리글을 따온 것으로 여타의 발각을 대비한 암호입니다.

문: 앞서 심문에서 말한 강령이라는 것은 이 기사를 두고
　　말하는 것이냐?
　　(증거 제1호 강령이라 기재된 것을 보인다.)
답: 그 기사는 틀림없습니다. 그 강령에는 TKD는 이상적 결속과
　　이상적 능률을 가지고 당면의 목적은 조선독립에 있고
　　또한 최종의 목적은 세계인류의 영원한 평등, 평화,
　　자유에 있는 것입니다.

문: 강령 ○○○○는 무엇인가?
답: ○○○○는 조선독립의 네 글자를 대응한 것으로 타의
　　발각을 대비한 것입니다.

문: 이 강령의 이상적 결속이라는 것은 어떤 의미인가?
답: 친일파를 배제하고 배일사상을 가지고 있는 사람을
　　획득하여 아주 굳게 단결해 간다는 의미입니다.

문: 이상적 능률이라는 것은 무엇인가?
답: 동지와 결합하여 조선독립을 촉진하여 행하는 것입니다.

문: 최종목적은 세계인류의 영원한 평등, 평화, 자유에 있다는
　　것은 무슨 말인가?
답: 그 말의 의미는 현대와 같이 각 민족과 민족, 국가와
　　국가가 서로 소승적 투쟁을 반복하고 있고 진실된 인류

본연의 모습에서 문명, 문화생활 정도의 향상을 방해하는
행위를 계속하고 있기 때문에 이것을 구제하려는 말입니다.
즉, 많은 물자를 소비하여 많은 목숨을 빼앗아가는
현대전쟁을 없애는 것을 두고 하는 말입니다.

문: 그대는 지금 우리가 치르는 전쟁을 반대하고 있다는 말인가?
답: 자연을 파괴하는 현재의 전쟁은 반대입니다.

문: 투쟁방침에 대해서 고안 또는 동지들과 협의 결정한 것은
　　있는가?
답: 4월 중순경에 태극단의 결성식을 거행한 후 부내 각
　　중등학교 생도들에게 일한합병의 불평의식을 고취하여
　　배일사상을 의식화하여 점차 태극단에 가입시키고
　　일정의 동지를 획득한 후에는 학교 내에 지부를 두고
　　점차적으로는 전국의 각 중학교에 손을 뻗쳐 같은 방법으로
　　동지를 획득하여 전국적으로 결합할 계획이었습니다.

　　그리고 대동아전쟁(태평양전쟁)과 구주대전(유럽전쟁)이
전개되는 상황을 살펴서 미국 영국 소련이 전승할 경우에는
이들 나라의 힘을 빌려 조선의 독립을 유리하게 하고 만약
일본이 승리할 경우 미국 영국 소련에 망명하여 독립투사를
규합하여 운동을 계속해 나갈 생각이었습니다. 그러나 이 고안은
다른 동지에게는 아직 이야기하지 않았습니다.

피의자 심문조서 김상길

문: 씨명, 연령, 신분, 직업, 주소, 및 본적지는?

답: 이름은 김상길인데 고쳐서 금산 창사이고 당 18세이며
   김정유의 4남입니다. 직업은 대구상업학교 5년생입니다.
   주소와 본적은 대구부 남산정 241번지입니다.

문: 피의자의 가족은 어떤가?

답: 아버지 김정유는 51세, 어머니는 이름이 화대로 51세,
   형 왕사는 21세, 동생 장사는 15세, 여동생 익자는 11세,
   나와 합해서 모두 6명 가족입니다.

문: 자산은 얼마인가?

답: 나의 명의는 아니지만 아버지 명의로 동산 3천 원 정도,
   부동산 1만2천 원가량 합해서 1만5천 원 정도 있다고
   생각합니다. 상세한 것은 잘 모르겠습니다.
   경복상회 안동지점에 저금을 해서 월수 일백 원가량 있기
   때문에 생활에는 지장 없습니다.

문: 종교관계는 어떤가?

답: 불교를 신앙하고 있습니다.

문: 사상에 관한 책을 구독하고 있었느냐?

답: 사상에 관한 서적은 없고, 읽은 책은《나폴레옹전》, 《현대 일로 전쟁사》등을 읽었습니다.

문: 그대는 어떤 주의자인가?

답: 민족주의자입니다.

문: 민족주의란 어떠한 것인가?

답: 잘 알지는 못합니다만 우리들의 조선인이 서로 협력 일치해서 운동이든가 군사, 교련 등을 해서 체력을 향상하고 각 과학을 연구해서 일치단결해서 조선민족이 일본제국에서 해방하는 것입니다.

문: 그대는 언제부터 민족사상을 가지게 되었느냐? 그 전말을 상세히 말하라.

답: 대구상업학교에서도 일본사람과 한국사람에 대한 차별대우가 있습니다. 일례를 들자면 졸업생중에 일본인 졸업생은 대체로 좋은 회사나 은행 등에 취직하고 조선인은 일본인에 비교해서 나쁜 곳에 취직하고 있습니다.

또한, 지금까지 학교의 성적도 오까 히사시 교장이 새로

부임해서는 100점 만점 중 학과 50점 조행 50점으로 해서
학과가 잘되어 있어도 조선인은 조행이 감점이 되기 때문에
대부분의 조선인 생도는 불평이 대단히 많다고 생각합니다.
(나는 120여 명 중 9번째 성적이라 그런 점은 없지만.)
나는 오늘까지 사상이라고 할 수 있는 것은 없습니다만
이상호가 가입하라고 권해서 했습니다.

문: 1943년 5월 2일 대구부내 봉덕정 용두산 앞에서 간부회의를
했던 상황에 대해서 상세히 말해 보라.
답: 용두산에 도착한 것은 오전 10시경인데 용두산 기슭에
별장과 같은 큰 집이 있었습니다. 그래서 그 집 앞에서
네 사람이 앉아서 여러가지로 태극단의 일에 대해서
협의했습니다. 이상호가 주머니에서 3장의 종이를 꺼내서
우리들 3명에게 이것이 태극단의 강령, 규칙, 단원명부이므로
보아달라도 해서 우리 3명은 각각 보았습니다.
그래서 이상호가 말하기를,
김상길군은 금년 육사에 지원하려고 하고 또한 군인이
희망이니까 군사부를 담당해 달라고 하고 서상교군은 무도에
뛰어났기에 무도부와 등산부를 담당해 달라고 하고 최두환은
항공부를 담당하라고 하며 각 책임부서를 결정해 주었습니다.
그때 이상호가 나에게 태극단의 마크의 도안을 해서 달라고
말해서 나는 생각해 보자고 하면서 이것을 맡았습니다.
그러나 금일까지 마크를 고안하지는 못했습니다.

문: 태극단 부서의 초안은 누구의 지휘하에 되었는가?

답: 이상호 혼자서 초안을 만들었습니다.

문: 그대는 관방국과 군사부장을 겸무했는가?

답: 이상호 단장의 명에 의해서 겸임했습니다.

문: 그대는 동지 획득방법을 어떻게 했는가?

답: 친구들 중 말과 생각이 굳세며 노력적인 인물을 골라서
처음에 무도, 등산, 군사, 교련 등을 장려하고 동지애를
북돋우어 이어 가입시켜서 절대로 비밀을 지키도록
하였습니다.
이렇게 하는 것이 진정한 목적을 돕기 위해서 했습니다.

문: 군사부의 목적 방법 등은 어떤 것이냐?

답: 군사부장을 임명받았습니다만 임명받은 지 며칠도
안 되었기에 어떤 목적이나 운동방법 등도 생각하지
않았습니다. 이 군사부장은 내가 육군사관학교에 수업하는
것으로 되어 있기에 이상호가 명한 것입니다.

문: 그대는 태극단의 목적은 조선민족의 해방과 세계인류의
자유, 평등과 영원한 평화에 있다는 것을 인식하고
있었는가?

답: 이상호로부터 설명을 들었기 때문에 잘 알고 있습니다.

문: 그대는 단의 강령, 규약 등을 몇 번쯤 설명을 받았는가?

답: 이상호로부터 그의 자택에서 1회 간부회의 때 2회
　　설명을 받았습니다.

문: 그대는 정광해, 정환진을 포섭할 때 그대의 자택에서
　　단원명부를 보이고 정광해, 정환진이 승락을 한 뒤
　　그 명부는 어디에 보관하고 있느냐?

답: 정광해, 정환진을 동지로서 했을 때 보인 것은 아닙니다.
　　내가 시험용지에 가입자 이름을 넣어서 나열한 것입니다.

문: 그 종이는 이것이 맞는가?

답: 예, 틀림없습니다.

문: 그들의 명단을 말하라.

답: 5년생으로는 서상교, 김정진, 이준윤 그리고 나이고,
　　4년생으로는 이원현, 이상호, 안광선, 황칠암, 김정하,
　　3년생으로는 이상학, 김종우, 이태원, 이응락, 2년생으로는
　　노정열, 1년생으로는 안창용, 박규인, 강기인, 손문호, 박상포
　　등이 있습니다.

피의자 심문조서 서상교

문: 씨명, 연령, 신분, 직업, 주소, 및 본적지는 어떠냐?

답: 씨명은 대달 상교로 구명은 서상교, 연령은 1924년 11월
   7일생, 신분은 없고 직업은 대구상업학교 5년생, 주소는
   대구부 덕산정 182번지, 본적은 남산정 407번지입니다.

문: 가족의 생활은?

답: 가족은 조모 월호가 72세이고, 아버지는 수인으로 41세,
   어머니는 점이로 43세, 형은 대교로 21세, 동생 창교는 13세,
   동생 준교는 7세, 여동생 순교는 16세, 여동생 은교는 8세 등
   여덟 명의 가족이며, 아버지 수인은 동·부동산을 합쳐서
   약 8천 원 정도의 재산을 가지고 있으며,
   형 대교는 동경척대에 재학 중이고 별로 생활에는
   부자유가 없고 가정불화와 같은 것은 없습니다.

문: TKD는 어떻게 가입하였나?

답: 1943년 4월 어느 날 이상호 집에 김상길과 같이 놀러 가니

이상호가 말하기를 '조선인은 어찌하든 독립을 해야 한다.
마땅히 먼저 단결심이 필요하고 더더욱 서로 친하게 지내야
하기 때문에 단을 조직하는 것이 필요하다.'며 시험지에
잉크로 쓴 구성내용을 보여 주었습니다.
그 취지와 목적이 대단히 완벽해서 그 자리에서 공감하여
가입하고 육성부의 간부가 되어 무도, 등산, 씨름 등의
부서를 담당하여 지도하기로 결정하고 헤어졌습니다.

문: 너는 사상에 대한 서적의 독서상황은 어떤 것인가?
답: 단에 가입하고서는 이상호가《중국의 삼민주의》,《하이킹》
　　등 독본 2책을 빌려주었으나《중국의 삼민주의》라는 책은
　　아직 읽어보지 못했습니다.

문: 단의 조직과 강령이 적힌 종이를 본 적이 있는가?
답: 앞에서 말씀드린 것과 마찬가지로 이상호가 시험용지에
　　잉크로써 쓴 단의 조직을 보여 주었습니다만 이때에는
　　단순 원안이고 별로 구체적인 설명은 없었습니다.
　　5월 2일 일요일 오전 9시경 경북중학교 2학년생인
　　최두환과 이상호, 김상길, 나와 4명이 모여서 서로
　　의논했던 바입니다만 이상호가 편지지에 연필로 단의
　　내용의 설명, 즉 강령 각 부분의 역할 등 상세히 기재한
　　것을 가지고 왔기 때문에 이것을 모든 사람이 읽어보고
　　만장일치로 가결했던 바입니다.

문: 너는 여기에 대해서 의견이 있으면 말해보아라.

답: 나는 별로 여기에 대해서 의견을 말할 것은 없습니다. 다만
단의 명칭을 태극단이라고 하지 말고 단련클럽이라고
하는 것이 좋다고 말해보았습니다만 태극단이 좋다고
모든 사람들이 말했기 때문에 결국 나의 의견이 통하지
아니하고 그래서 단원의 마크에 대해서 여러 가지로
의견이 있었습니다만 그것이 합의되지 못해서 김상길에게
의논하였습니다.
그리고 단원을 가입할 때는 간부 서로서로가 의논해서
가입시키도록 했습니다.

문: 앞에 공술했는 TKD 약칭 태극단의 목적은 무엇인가?

답: 우리들이 결속을 굳게 하고 건전한 정신과 신체의 단련을
해서 조선독립을 하는 것입니다.

문: 그렇다면 조선독립이라는 것은 어떤 것인가?

답: 그것은 일본의 통치기반에서 이탈해서 조선은 조선인에
의해서 통치되고 하등의 간섭을 받지 아니하는 것이라고
생각합니다.

문: 그대는 조선독립에 공명하고 있느냐?

답: 예 조선독립을 공명했기 때문에 이 태극단에
가입했습니다.

문: 어찌하여 조선독립의 필요성을 느꼈는가?

답: 그것은 조선인으로서 불평불만이 쌓이고 쌓여서 어떤 일이 있어도 조선독립을 하지 않으면 불평불만을 풀 수 있는 방법이 없다고 생각했기 때문입니다.

상세히 말씀드리자면,

1. 가까운 모교인 대구상업학교의 예입니다만 조선인이 아무리 머리가 좋아도 우수한 성적에 있어서 내지인 졸업생에 비하여 대단히 인식률이 나쁩니다.

2. 조선은 토지소유 등이 일본사람에게 비해서 그 수가 적습니다.

3. 월급의 차이, 즉 일본사람에게는 가봉이 있는데 조선사람에게는 없다.

4. 상급학교의 입학률이 나쁘다. 예를 들면 대구에서 상업, 사범, 농림 등 각 학교에는 조선인의 지원자가 일본사람보다도 많은데도 불구하고 입학자 수가 적은 것입니다.

문: 언제부터 이런 사상을 갖게 되었는가?

답: 나는 조선통치에 대하여 불평불만을 느낀 것은 오래전부터
가지고 있었습니다. 일찍이 소학교 6학년 때부터 상급학교
입학률이 나쁜 것부터 불평불만을 가지게 되었고 상급학교에
입학해서도 이 불만이 점점 조선인의 대우문제로 커졌습니다.
그리고 1943년 4월 상순경부터 이상호와 만나게 되어서
그 역시 조선통치에 대해서 불평불만이 있고 이의 해결은
근본적으로 조선독립 외에는 없고 이것의 목적 달성을 위해
조직하는 TKD 약칭 태극단의 취지에 공명해서
가입했던 것입니다.

문: 단원들은 활동시킨 것이 있느냐?

답: 내가 단에 가입해서부터 앞에서도 말씀드린 것과 같이
직접 동지를 획득하기도 하고 또한 동지를 다수 획득할
양으로 이원현에 대해서는 김상길과 둘이서 열렬한
격려를 했습니다.

피의자 심문조서 김정진

문: 씨명, 연령, 신분, 직업, 주소 및 본적은 무엇이냐?

답: 씨명은 금원 정진이며 구명은 김정진이고 연령은 19세이고
직업은 대구상업학교 5학년이고 주소는 대구부 대봉정
645-10번지이며 본적은 봉화군 내성면 해저리
485번지입니다.

문: 가족생활은 어떠냐?

답: 가족은 아버지 김홍기 60세, 계모 금정 33세 두 사람으로,
두 사람은 본적지에 거주하고 농업에 종사하고 있고 나는
현주소 대봉동 645번지 김태섭의 집에서 하숙하고 있습니다.

문: 자산은 어느 정도인가?

답: 자산은 논 12두락(1두락은 200평 평균) 밭 15두락
(1두락 100평 평균), 기타 임야 합쳐서 시가 5천 원 정도
되는데 나에 대한 학자금의 관계도 있어서 별로 생활이
풍부하지 않습니다.

문: 그대의 학력은 어떠하오?

답: 1933년 4월 봉화군 내성면 내성공립보통학교에 입학해서
1939년 3월 동교를 졸업하고 4월 대구공립상업학교에
입학해서 오늘에 이르렀습니다.

문: 전회 공술했는 TKD 약칭 태극단의 목적은 무엇인가?

답: 피가 끓고 대단한 청년이 일치단결해서 결속하는 것은
물론 심신의 단련을 통해서 최종적인 조선독립과
인류의 평화를 유지하지 않으면 안 된다고 생각했습니다.

문: 조선독립이라는 것은 어떠한 것을 하는 것이냐?

답: 그것은 조선이 일본의 통치기반에서부터 이탈해서 조선은
조선 민족의 손에 의해서 다스려지고 타에게 간섭을 받지
아니하는 것을 말하는 것입니다.

문: 그대는 조선의 독립에 공명하느냐?

답: 예, 조선독립에 공명해서 독립목적을 달성하려고 태극단에
감히 가입했던 바입니다.

문: 어찌해서 조선독립의 필요성을 느꼈는지 동기를 상세히
말해보아라.

답: 그 필요성이란 것은 나는 불평불만에서부터 출발한
것입니다. 이것은 우리들도 조국이 없기 때문이라고

생각했기 때문이며 구체적인 사항을 말씀드린다면,

1. 상급학교의 입학률에 조선인은 아주 나쁘게 되어있다.

2. 조선인은 머리가 우수하여도 취직률이 대단히 낮다.

3. 특히 1942년 10월 10일 대구 무덕전에서 조선경찰협회
   경상북도지부 주최의 무도대회 때 묵도의 태도가
   나쁘다 하여 2개월이나 경과 후에 누군가가 학교에
   연락하여 어느 토요일 오후 2시~6시까지 낭하에서
   정좌하는 엄벌을 받았습니다. 그때 나는 마음속으로 내가
   일본사람이라면 보고 흘려 버릴 것을 조선인이기
   때문에 이러한 제재가 있었다. 참으로 인간 취급을
   아니하고 또 조선은 나라가 없기 때문이라고 생각하니까
   예전 조선이 한층 더 그리워졌습니다. 이런 사상이 열렬할 때
   내가 태극단에 가입했으니까 더더욱 감을 깊게 했습니다.

문: 언제부터 이런 사상을 가지게 되었는가?
답: 나는 대구상업학교에 입학해서 3학년 때 친구들로부터
   여러 가지 이야기를 서로 주고받고 하는 가운데 이러한
   불평불만과 사상을 갖게 되었습니다.

문: 태극단에서 조선독립을 계획하는 방법은 어떤 것이냐?

답: 조선 민족 전부를 동지로 해서 획득하는 것을 말하는
것이고 도저히 불가능하게 되었을 때나 혹은 어느 정도
동지를 획득하게 되면서부터는 태극단 내에 어떤 종교를
찬양하고 순교적 정신을 배양하여 단결을 해서 힘에
의해서 반항하면 실현 가능한 것이라 생각하였습니다.
종교를 신앙하는 것은 모든 자기 소원 실현에 대해서
자기를 희생하는 것입니다.

문: 조선독립 방법을 동지와 회합하여 의논한 것이 있느냐?
답: 이것에 관해서 따로 동지와 협의한 것은 없습니다만 5월
중순경에 이상호가 불러서 집에 가니 나에게 비서관과 회계관,
두 개의 역할을 해 달라고 요청해서 승낙하고 무기도 없고
경제력도 없는데 진행이 쉽지 않을 것이라고 말해 주었습니다.
이상호가 말하기를 3년간 동지를 몇만 명 모집하고
큰 인물들을 포섭하여 조선 각지에 지부를 두고 기반이 되면
반항할 수 있다고 했습니다.

문: 회계관과 비서관의 역할은 무엇이냐?
답: 회계관은 중앙정부의 대장성과 같은 역할을 하고
비서관은 단장을 잘 보살피는 역할을 한다고 생각합니다.

피의자 심문조서 이준윤

문: 씨명, 연령, 신분, 직업, 주소 및 본적지는 어떠하오?

답: 씨명은 이준윤이고 고쳐서 성천 윤남이며, 연령은 당 19세로
   호주 이준용의 동생이고, 직업은 대구상업학교 5학년생이고,
   주거지는 대구부 봉산정 242번지이고,
   본적은 경북 영덕군 화개동 179번지입니다.

문: 피의자 가족관계는?

답: 형은 이준용인데 당 23세이고, 어머니는 봉숙으로
   55세이고, 여동생 정자 14세, 민자 11세, 나를 합쳐서
   5명이 생활하고 있습니다.

문: 자산 정도는 어떤가?

답: 나에게 자산은 없고 호주 이준용은 동·부동산 7천 원을
   가지고 지방에 있어서 생활상 부자유는 없습니다.

문: 경력은 어떠한가?

답: 1939년 3월 영덕공립국민학교를 졸업하고
대구상업학교에 입학해서 5학년에 재학중입니다.

문: 종교는?

답: 어머니는 20세경부터 야소교를 믿어 나도 어릴 때부터
야소교를 믿어왔습니다.

문: 피의자는 사상 방면의 어떤 책을 읽었느냐?

답: 나는 사상방면에 관한 서적은 읽은 일이 없습니다.

문: 건강상태는 어떠냐?

답: 저는 1942년 1월경부터 늑막염에 걸려서 올해 5월
12일까지 본적지에 있으면서 치료를 해왔고 아직도
완치되지 아니하여 몸이 쇠약해 있습니다.

문: 너는 김상길의 권유를 받아서 태극단에 가입한 적이
있느냐? 상세히 말하라.

답: 나는 앞서 말한 바와 같이 병 때문에 본적지에 가서
치료 후 올해 5월 12일 대구에 돌아왔습니다. 5월 14일
오후 4시경 동급생 김상길이 나의 하숙에 찾아와서 내
병의 경과를 묻고 나서 나에게 "우리들은 행복한 생활을
하기 위해서 조선독립을 목적으로 하는 단을 조직할

준비를 하고 있는바 너도 가입하지 않겠냐?

그리고 또 우리들은 이러한 것들의 목적을 수행하기 위해서

과학의 연구, 운동, 등산을 할 여러가지 계획을 가지고 있기

때문에 같이 가입하면 어떠냐?"고 묻기 때문에

나는 이 취지의 목적에 찬성하고 이 단에 들어갈 것을

승낙하였습니다.

그때부터 동월 21일 일요일 오후 1시 김상길이 나의

하숙에 와서 말하기를 단의 일로 의논할 것이 있기 때문에

이상호의 집으로 가자고 하기 때문에 나는 그와 같이

이상호의 집에 가서 거실에서 이상호를 만났습니다.

이상호는 나에게 "김상길의 말에 의하면 너도 우리들과

같이 조선독립을 위하여 일을 한다는 것은 아주 좋은

일이니까 지금부터 같이 해나가지 않겠느냐?" 하면서

조선독립을 목적으로 하는 태극단 조직계열이라고 하면서

편지지 3매에 연필로 쓴 글을 책장 속에서 꺼내어 자기의

손에 쥔 채 나에게 보이면서 조직은 이와 같이 한다고

말했습니다.

나는 그때 TKD대강이라고 쓴 처음 한 장만 보았습니다.

그 내용은 확실히 기억에 남지 않지만

단장 이하 각 부서가 쓰여 있었기 때문에 먼저 나는 TKD

라는 것이 어떤 것인가를 물은즉

태극단의 암호라고 말하였습니다. 이와 같이 나는 태극단 조직에 가입했습니다.

문: 그대가 태극단에 가입했던 목적은 무엇인가?

답: 최초에 말한 바와 같이 조선독립을 목적으로 해서 가입한 것이라고 생각합니다.

문: 조선독립이라는 것은 어떠한 것인가?

답: 조선은 일본제국의 통치권에서 벗어나서 우리들 조선인의 손에 의해서 조선의 독립국가를 건설해 독립해서 통치를 행하는 것을 말하는 것입니다.

문: 너희들은 언제부터 이러한 사상과 희망을 갖게 되었는가?

답: 1942년 4월 오까 교장이 대구상업학교에 부임해서부터 일본 학생과 조선 학생에 대한 대우가 차별적이었고 특히 조행점수 같은 것을 일본 학생은 잘 주고 조선 학생은 채점을 대단히 나쁘게 했기 때문에 상급학교에 진학이 어렵고 취업에 있어서도 조선인에 대한 취직은 일본인에 비해서 아주 나쁘게 되어있고, 조선이 일본의 식민지이기 때문에 이러한 냉대를 받는다고 생각하고 이러한 사상을 가지게 되는 동시에 조선독립을 희망하게 되었습니다.

문: 너의 책임 부분은 무엇인가?

답: 앞서 말한바 이상호의 집에 모였을 때 이상호가 저를
   과학국장으로 지명했습니다.

문: 과학국장의 사명은 무엇인가?

답: 과학국이라는 것은 단원의 훈련활동 부분 중 과학 부분을
   감당해서 박물 이화 항공 3부의 지휘 감독을 하고, 이들
   부문에 취미를 가지는 동지를 규합하고 양성하는
   책무라고 생각합니다.

문: 태극단의 목적의 수행을 위하여 너는 어떠한 일을 했느냐?

답: 태극단에 가입하고는 얼마 되지 않아서 아무 활동을
   하지 못했습니다.

피의자 심문조서 윤삼룡

문: 씨명, 연령, 신분, 직업, 주소및 본적지는 어떤가?

답: 씨명은 윤삼룡이나 고쳐서 이본삼길이며 연령은 당 18세,

　　신분은 호주 윤길수의 2남이고 대구직업학교 2학년입니다.

　　주소는 대구부 봉산정 169번지, 본적은 남산정 685 입니다.

문: 가족은?

답: 아버지 윤길수는 당 43세, 어머니 선이는 당 40세, 형수와

　　그의 장녀 및 나를 합쳐서 5명이 살고 있습니다.

문: 자산 정도는 어떤가?

답: 각자의 자산은 없습니다. 농사를 지어 그 수입으로 생활하고

　　있는데 부자유한 것은 없습니다.

문: 경력은 어떤가?

답: 1942년 3월 덕산국민학교를 졸업하고 4월 대구직업학교에

　　입학해서 현재 기계과 2학년에 재학 중입니다.

문: 가족의 종교는?

답: 우리는 조상 대대로 불교신자입니다.

문: 피의사건에 대해 말 하시오.

답: 1942년 6월경 대구덕산국민학교 동급생이었고 당시
경북중학교 1학년생이었던 최두환의 권유로 이상호의 집에서
인사를 했습니다. 이상호는 나에 대하여 최두환으로부터
잘 듣고 있다며 그들이 화학연구와 체육연습을 계획하는데
나도 같은 회원이 되어 함께 하면 어떻겠냐고 말했습니다.
그래서 좋은 것이라고 생각해서 찬성하고 승낙했습니다.

그때부터 7월경쯤 대구부 동인동 풀장에서 3회 수영을 하고
7월 하순 경 이상호와 대구덕산국민학교 운동장에 가서
철봉을 하였는데 이상호가 말하기를,
"인도는 간디옹 때문에 독립이 가능할 것이다. 우리 조선은
한일합병 후에 겨우 30년밖에 안되었기 때문에 독립이
안될 리가 없다"라고 말하는데 숙직선생님께서
"운동장을 걷고 있는 사람 집으로 돌아가라"고 해서
그대로 헤어졌습니다.

그 때부터 수일 후 이상호의 집에 가니까 우리들의 운동과
연구는 내년까지 중지한다고 말하였습니다.
이것이 요컨대 이상호와 알게 된 동기였습니다.

1943년 4월 24일 이상호의 집에서 이상호가 말하기를 '실은 동지와 같이 조선독립의 목적을 가지고 단을 조직할 것이니까 가입해 달라'고 해서 나는 그 취지, 목적에 찬성하여 가입한다고 승낙하였습니다.

5월 8일 덕산국민학교 운동장에서 이상호 외 6~7명과 만나니 내일 오전 8시까지 백미와 취사도구를 휴대해서 김상길의 집에 와 달라고 했습니다.

이것이 단의 결성식의 준비라는 생각이 들어 당일 출석을 했습니다만 이상호가 결석자가 많아서 후일로 연기한다고 해서 그 날은 식을 올리지 아니하고 왔습니다.

문: 조선독립이라는 것은 무엇을 말하는가?

답: 조선을 일본 제국으로부터 끊어내서 조선인에 의해서 국가를 건설해서 다스려 나가는 것을 말합니다.

문: 너는 언제부터 이러한 희망을 가슴에 가지게 되었느냐?

답: 1942년 7월 대구덕산국민학교 운동장에서 이상호로부터 조선독립을 희망하는 것과 같은 말을 듣고 조선이 일본의 식민지가 되어 있기 때문에 독립국으로 건설하는 것이 좋은 것이라고 생각해서 입니다.

피의자 심문조서 최두환

문: 씨명, 연령, 신분, 직업, 주소 및 본적지는?

답: 씨명은 산원 구치, 구명은 최두환이고 연령은 당 15세
1929년 5월 22일생, 직업은 경북공립중학교 2년생, 주소는
대구부 남산정 652-9, 본적은 대구부 동성 삼정목 56번지.

문: 가족 및 생활은?

답: 가족은 아버지 무종 47세, 조모 성여 62세, 형은 영치
27세, 정치 24세, 삼치 22세, 동생은 대치 13세, 신치
10세, 매치 6세, 형수 경자 22세, 여동생 지자 12세,
수자 3세로 11명의 가족이 있으며 자산은 동·부동산
합하여 1만 원 정도로 아버지는 사법서사이고 형은
구두수선을 하고 있어서 생활에 곤란한 것은 없습니다.

문: 그대의 학력은?

답: 1942년 3월 덕산공립국민학교를 졸업하고 동년 4월
경북중학교에 입학하여 지금에 이른 것입니다.

문: 사상단체에 가입한 상황은?

답: 1942년 6월경 이상호를 중심으로 이태원,김종우, 윤삼룡

그리고 작년 10월경 사망한 이상용과 함께 과학을 연구하고

심신을 단련하는 조직에 가입했는데 이상호가 사정이 있어

중지하고 있다가 올해 3월 상순에 이상호의 집에 가니

말하기를 항공부장을 맡아달라고 하면서 그 취지는

조선독립운동을 위한 것이라고 해서 가입을 승낙하고

《항공소년》잡지까지 빌려주어서 가지고 집에 돌아왔습니다.

문: 너는 조선독립주의를 공명하느냐?

답: 예. 그것을 공명해서 그 독립을 재건하려는 TKD 태극단에

가입했습니다.

문: 어떻게 너희는 독립의 필요성을 느꼈으며 동기는

어떠하였는가?

답: 나는 조선통치에 대해서 불평불만이 많아 필요성을

느끼고 조선은 나라가 없기 때문에 예전 조선을 그리워한

까닭이었으며 또한 구체적으로 말하면 다음과 같습니다.

1. 활동사진 등에 들어갈 때도 내지인은 먼저 넣고

조선인은 나중에 넣는다.

2. 조선인에 대해서 흰옷을 벗게 하면서 내지인은 여전히
   화복을 입는다.

3. 내지인들은 조선에 오면 월급에 가봉이 있지만
   조선인은 가봉제가 없다.

4. 상점 등에 있어 내지인에 대해서는 오랜 시간에
   여러 가지 선택해도 내용 등을 잘 보여준 후 사지 않아도
   친절한데 조선인이 들어가서 사지 아니하면 쫓아낸다.

5. 상급학교의 입학에 내지인은 유리하고 조선인은 아주
   불리하다.

6. 대구 시내 중등학교 연합이 분열과 행렬할 때 내지인
   학교, 즉 대구중학교가 제일 선두에 서고 경북중과
   기타 조선인 학교는 맨 뒤에 서야 한다.

7. 과자집에 가서 배급을 하는 것도 내지인한테는 아주
   많은 배급을 준다.

8. 잡지, 광고란에 식민지에는 얼마라고 쓰고 왜 같은
   나라이면서 지도와 같이 빨갛게 칠해 놓고 식민지라고
   하는가? 이것도 나라가 없기 때문이라고 생각한다.

그래서 이런 점에서 나는 조선의 독립운동을 촉진하려는
것입니다.

문: 언제부터 이러한 사상을 가지게 되었는가?

답: 내가 경북중학교에 입학해서부터 불평과 불만을 가지게
되었습니다. 특히 올해 4월 이상호를 대표로 하는 TKD
태극단에 가입한 후로는 일체 조선독립의 필요성을
느끼고 조선이 독립을 하면 이러한 불평불만이 해결되는데
이를 어떻게 하면 되는가 하고 통렬히 느낀 바입니다.

문: TKD 태극단에 있어서의 역할은 무엇이냐?

답: 과학국 내에 항공부장을 하고 있었습니다.

문: 그 항공부장의 역할은 무엇인가?

답: 모형 비행기를 만들고 그 원리에 대해서 연구해서 이것을
점차 국민학교 아동들에게 보급해서 흥미를 갖게 해서
우리들의 단에 동지애를 획득하려고 했습니다.

문: 태극단에 있어서 항공의 것을 연구한다는 목적은
무엇이냐?

답: 항공에 흥미를 가지게 하고 동지로 해서 획득하는
방법입니다. 또 조선독립을 해서 세계 공군을 양성하는
것을 위하여 기초적인 준비를 하기 위해서입니다.

문: 그대의 항공부장을 누가 선출했느냐?

답: 누구라도 선출한 사람이 없고 단장 이상호가 직접
임명했습니다.

문: 그대는 항공학을 연구했느냐?

답: 예, 태극단을 가입하기 전에도 때때로 책방에 가서
《항공소년》의 월간잡지를 구독해서 연구했고 내가 단에
가입한 후 이상호가 《항공소년》 잡지 20권을 빌려주었기
때문에 항공부장의 임무를 다수의 국민학교 생도에게
항공지식을 보급하여 동지를 획득하는 것은 물론,
조선이 독립했을 때에 세계에 비교되는 공군을 양성하는
기초적 준비를 하라는 격려를 받고 책무의 중대함을
느끼고 오로지 이 연구에 몰두하고 있었습니다.

문: 태극단에 있어서 조선독립을 계획하는 방법은 어떤 것이냐?

답: 나는 지금 생각으로서는 단원 다수를 모집해서
조선 민족이 모두 독립주의 사상을 갖도록 하여 그때
일본통치권자에게 조선독립을 상주하여 만약에 뜻이
여의치 아니할 때는 폭동을 일으키려고 생각했습니다.

문: 외국의 힘을 빌려서 독립을 할 생각이 있었나?

답: 그러한 생각도 하고 있었습니다.

문: 태극단의 역원관계는 어떤 것이냐?

답: 단장은 이상호이고 나는 항공부장으로 된 것만 알고
   있습니다. 아직도 결성식을 올리기 전이기 때문에 타의
   역원이라든가 관계는 잘 기억하지 못하고 있습니다.

문: 지난 5월 2일 오전 9시경에 대구부 봉덕동 용두천 속칭
   고곡산 중턱에서 이상호가 태극단의 조직내용 설명서를
   연필로 편지지에 써온 것을 그대들은 그 내용을
   검토 가결했다는데 맞느냐? (증 제1호를 내놓으니)

답: 예, 그것은 상의가 있었습니다.

문: 태극단의 각 부분의 역할은 무엇인가?

답: 단장은 단 전반에 이르러 지휘 감독을 하고 관방국은 단의
   서무, 체육부는 단원의 심신단련을 연구하고 과학국은
   과학방면에 연구하는 것입니다. 그 외에는 잘 모릅니다.

문: 그대는 취미가 어떤 것인가?

답: 나는 항공을 연구해서 미래에 비행사가 되기를 원합니다.

문: 기타 말할 것은 없느냐?

답: 별로 없습니다마는 관대한 처분을 바라마지 않습니다.

대구형무소 이감

모든 동지들은 근 6개월 동안의 열악한 유치장 생활과
계속된 일본경찰의 엄청난 고문과 압박의 고통 속에서도
오까 히사시 교장의 조행점수가 조선인을 차별하는
대표적인 나쁜 제도이며 일본통치하의 우리 민족의 삶이
고통과 인내, 불평등과 불만의 연속으로
조선독립이 유일무이한 해결책이라고 거침없는 진술을
쏟아냈다.

피의자 심문조서는 앞의 기술자 모두가
1943년 6월 16일부터 기록되었고
그 후 몇 차례 보충조서가 개인별로 추가되었다.

따라서 사건의 전모는 6월 중순경에 모두 밝혀졌음에도
불구하고 일본경찰은 최근에 발생사례가 없는 조직적인
독립운동이라서 사건처리의 방향 결정을 하지 못하고
그 후에도 6개월을 별 성과 없이 시간을 끌었다.

악취가 가득한 어둡고 비좁은 감방의 마루바닥 생활의 장기화,
콩깨묵과 해초 등을 주로 먹는 비위생적 급식으로 인한 영양실조,
비인간적이며 야만적인 구타 등의 고문과 공포의 고통속에서도
피눈물을 흘리며 이를 악물고 견뎌내던 이준윤 동지가
열이 40도를 오르내리며 헛소리까지 하는 상태가 지속되자
1943년 9월 30일에 이르러서 일경의 병가보석으로 출감했다.

그러나 출감 3일만인 10월 2일에 비통하게도 운명하니
태극단 비밀결사의 처음 희생자가 되었다.(***첫 번째 희생자)

최두환은 범행 당시 14세 미만으로 형법상 책임이 없다고
기소면제 처분을 받아 출감하였고 정광해는 검사의 불기소
처분으로 출감되고 나머지는 1943년 10월 11일 대구형무소
미결감방으로 이감되었다.

근 5개월의 유치장 생활에서 찌들은 8명의 동지는 오랫동안
햇빛을 보지 못해 창백해진 얼굴에 손목에는 수갑이 채워졌고
허리에는 포승줄을 두르고 비틀거리며 이송차에 올랐다.
이러한 와중에도 호송경관의 눈길을 피하여 어떠한 역경에서도
끝까지 굽히지 아니하고 투쟁할 것을 서로가 다짐하고
그 후의 법정투쟁 방법 등을 의논하였다.

경상북도지사 회의

다케나가 가즈키(염창섭) 도지사

(재임기간: 1943.9.30.~1944.8.17.)

비서실장

경찰국장 / 정보과장

교무국장 / 오까 히사시 교장

사건경위 및 진술조서들이 도지사의 책상 위에 산더미같이

쌓여 있었고 안경과 연필, 지우개 등이 어지러이 널려 있었다.

비서실장의 대구상업학교 태극단 사건 경과보고를 듣고

도지사가 종합적인 결론을 내렸다.

　　전쟁의 장기화에 전후방 모두 고통이 심하다.

　　후방은 목숨 걸고 싸우는 전방을 지원하는데 단결하고

　　태극단 사건 같은 잡음은 없어야 한다.

　　조선인을 드러나게 차별대우를 하지 마라.

　　대일본제국의 성공에 조선인의 지지가 필요하고

이를 순조롭게 이끌어내야 한다.

조행점수는 좋은 제도이지만 운용하는 데 미숙하여
조선학생들의 불평 불만이 폭발하는 부작용이 발생했다.
이러한 문제를 학교 내에서 원만히 수습하지 못하고
잡음을 키운 대구상업학교 오까 교장의 잘못도 작지 않다.

1919년 3·1운동, 1929년 광주학생사건 이후 비교적 잡음
없이 조선을 잘 통치해 왔는데 어린 학생들이 철모른 모의만
있었지 단체가 결성되지도 않았고 구체적인 반체제적 행동도
없었는데 8개월 이상을 시간을 끌면서도 제대로 방향도
못 잡고 있으니 도대체 무슨 일을 이렇게 처리하는가?

전임 도지사 재임 시 일어난 일이라 하지만 쓸데없이
조그만 일을 오래 끌면서 크게 키워서 널리 퍼뜨리면
큰일이 되어 돌아와서 우리를 옥조일 줄을 모르는가?
단순히 소규모 중학생 집단의 불평불만이 우연히
폭발한 것이 아니라 치밀한 조직과 활동강령을
갖추고 체계적인 독립운동을 했다고 하면
우리 모두가 관리를 잘못했다고 평가받지 않겠는가?

무조건 참가자들의 범위를 축소해서 최소 규모로 하고
그들의 부모와 본인을 잘 설득해서 없었던 일로 종결하라.

경찰국장은 즉시 간부회의를 소집하여 대처방안을 논의하였다.

6개월 이상의 배후세력 조사에서 나온 것은 전무하였고

각 피의자 심문조서를 평가했을때에 태극단은 이상호가

오래전부터 구상하고 기획하고 조직한 독립단체였다.

나머지 피의자들은 불평불만이 쌓이고 조선독립을 희망했지만

조직, 강령과 사상적 배경은 모두 이상호에 의지하고 있었다.

따라서 핵심 주동자인 이상호만 회유할 수 있으면 되는데 마침

그의 아버지 이권수가 대서방일이 끊어져서 현실적 고통이 크니

아버지를 통해 아들을 회유하는 것이 가장 효과적인 방법이라고

결론내리고 바로 작업에 착수했다.

사법경찰관들의 소행조서 내용들도 아버지 이권수에 대해서

착실한 사람으로 관찰된다고 보고되었다.

이때 이상호는 일본경찰이 조사기간을 6개월 이상 끌면서

배후세력을 규명하기 위해서 계속해서 심문하고 같은 질문을

수시로 하여 답이 다르게 나오도록 유도해서 그것을 꼬투리잡아

또 다그치고 고문까지 하는 경우가 자주 발생해서 외삼촌과

연관성이 탄로날까봐 걱정되어 언행을 극도로 조심하고 있었다.

한번 삐끗하면 그대로 낭떠러지인데 어떻게겠는가?

면회

아버지와 외삼촌의 상호 면회가 처음으로 허락되었다.
아버지는 야위고 수척해져서 기운이 많이 빠진 모습이셨다.
목소리도 약간 떨리셨고 말씀 중에 눈물을 보이며
감정에 휘둘리지 않으려고 가끔 어깨를 들썩이셨다.
상호도 아버지의 눈물을 보고는 설움이 북받쳐서 마구 울었다.

"몸은 좀 괜찮냐?
어디 아픈 데는 없는가?
얼굴에 살이 빠지니 광대뼈가 많이 나왔구나.
우리도 그동안 정말 힘들게 지냈다.
매일 형사가 찾아와서 나와 네 엄마의 사상적
배경에다가 집안 내력까지 샅샅이 뒤지고 협박하고
공포 분위기로 몰아넣으니까 정말 어려웠다.
그동안 일을 못 해서 밥줄이 끊긴 것도 문제였지만
주위의 눈총도 험해서 이 땅에서 정말 못 살 것 같았다.

그러나 이제 끝났다.

모든 얘기가 잘 되었다.

최후진술에서 잘못했다고만 해라.

어려서 철이 없어서 세상 물정을 몰라서 한 짓이니

다시는 이런 일이 없을 거라고 빌어라.

그러면 처벌도 거의 없이 곧 석방되고 학업도

계속할 수 있도록 모든 얘기가 잘되었다."

상호는 며칠 밤을 뜬눈으로 새웠다.

아버지가 밥줄이 끊어졌다고 한숨을 토해 내시던 장면이

너무 충격적이어서 머리에서 떠나지 않았고

주위의 눈총이 심했다고 하셔서 동생들도 학교에서

힘들었겠다고 생각하니 가족들의 고통이 온몸을 뒤덮었다.

일본 군대와 경찰의 총칼 앞에서 자기는 다치지 않으려고

같은 조선인들이 독립운동가문을 배척하고 해꼬지하는 일은

흔한 일이었는데 그런 일이 우리 집안에까지 닥쳐 왔다니

정말 억울한 일이었다.

그러나 그 옆에 배석했던 간수가 비시시 웃는 것이

모든 것을 일본지휘부가 알아서 조정하니 시키는 대로 하라는

암시적 표현으로 느껴져서 강한 거부감도 생겼다.

그동안의 모진 고문과 온갖 공갈 협박에도

나는 굴하지 않았고 드러난 것 이상을 말하지 않았다.

주위의 누구도 끌어들이지 않고 혼자 감당했고

상용이의 죽음을 걸고 내 목숨을 걸고

조선독립이 이루어질 때까지 일본에 저항하겠다고

다짐하고 다짐해 왔는데

이제 와서 잘못했다 하고 용서를 구하라고?

선처를 바란다고 반성문을 쓰고 참회를 하라고?

아버지나 누가 탄원했다고 움직여질 일본이 아니다.

그런 그들이 참회하면 용서한다고?

이상한 일이다.

외삼촌도 그동안 많이 수척하신데

사건에서 비켜 갔으니 다행이고

계속 입을 다물고 계시니 무슨 뜻일까?

이상한 일이다.

이상호의 최후진술

검사의 구형이 끝나고 법정변호사의 변론이 있은 후
이상호의 최후진술이 이어졌다.

"영국은 전쟁이 끝나면 독립시켜준다는 약속으로
인도인들의 적극적인 영국지원을 얻어 냈다.
그러나 일본은 조선인의 마음을 얻으려는 노력은
하지 않고 창씨개명, 조선어금지 등 우리민족을
지구상에서 영원히 없애겠다는 짓을 하고 있으니
이게 뭐하는 짓이냐?
**너희 일본은 역사 앞에서 그 죗값을
어떻게 치르려고 하느냐?**"

재판장은 격노했다.

치밀어 오르는 분노를 감추지 못하고 주먹으로 책상을 내리쳤다.

범죄사실, 피의자 심문조서, 피의자 소행조서 등등을 소상히

읽어 보았고 그들의 불평불만 사항을 충분히 해독하였으며

조행점수제도는 대구상업중학교에만 해당되는 문제이고 기타

다른 불만사항들은 식민지에서 흔하게 일어나는 것들이라

크게 신경을 안 썼는데 이상호가 창씨개명과 조선어금지정책을

조선민족 말살정책이라며 일본이 역사의 심판을 받을 것이라고

최후진술에서 공언한 것이다.

조선어금지정책은 총독부 관할이니까 총독부에 대한 비판이고

창씨개명은 사업시행은 조선총독부에서 하지만 황국신민서사,

신사참배 등과 더불어서 일본천황에 대한 충성심을 바탕으로

조선민족을 완전히 황민화하여 이를 통해서 징병 및

국가자원 총동원령을 완성하기 위한 초석이었는데 이것을

비난하는 것은 일본천황을 부정하는 것이며 또한 일본의 기틀을

전면 부인하는 것이니 현재 시국에서 누가 이런 생각을

할 수 있겠으며 그리고 일본법정 안에서 어찌 감히

이런 발언이 나올 수 있단 말인가?

더군다나 한낱 조선의 중학생 피의자 입에서.

일본천황과 일본통치부(당시의 군부)가 역사의 심판을 받는다?
그때는 상상할 수 없었겠지만 패전 후 실제로 심판을 받았다.
전쟁을 통한 수많은 인명피해와 고통을 더해서.

재판장은 일그러진 표정으로 검찰 쪽으로 고개를 돌렸다.
잘 마무리하겠다고 해서 충분한 시간도 주었는데 어떻게 일을
이렇게까지 악화시켜서 이 꼬라지를 만들었냐고 힐난하는 투다.
경찰이 아버지를 통해서 회유하고 있고 잘 진행되고 있다고
보고되어서 이상호의 반성과 참회의 진술을 기대했었는데
이런 발언을 듣다니 분노를 넘어서 머리통이 깨질 지경이다.

검찰들도 쥐구멍이라도 찾듯 어쩔 줄 모르고 기록지를 들었다
놓았다만 반복했고 같이 배석한 경찰 간부들도 기획했던 것이
무참히 깨어지고 그 충격파가 엄청나게 퍼져서 앞으로
통치부의 비난과 질책이 자기네에게 폭포수 같이 쏟아질 것이
깜깜한 밤에 불 보듯 뻔하니 흥분하고 당황하고 어쩔 줄 모르며
상기된 얼굴에 분노와 공포의 표정을 숨기지 못했다.
주위의 서기관이나 조수들도 눈길을 놓을 수가 없어서 바닥만
내려다보고 있었다.
엄격한 재판정이 난장판이 되어 마치 모든 것이 공중 분해된
것처럼 장내 질서가 무너져 내렸다.

선고공판 1944/1/19

판사는 "일본제국의 국시를 반역한 국적"이라고 노발하며
치안유지법 위반의 죄목으로 검사의 구형보다 높은 형량을
판결하고 이상호 에게는 성인의 사형에 해당하는
법정최고형을 선고하였다.

성인범죄에 대한 선고형은 징역 몇년 몇월이라는 '정기형'이고
미성년자에 대해서는 상대적 부정기형을 채용해서 장기와 단기를
정해서 선고하는데 단기가 지난 이후 관할검사의 지휘에 따라
그 형의 집행을 종료할 수 있었다.
단, 장기는 10년, 단기는 5년이 최고형이었다.

판결을 받은 후 이상호, 김정진은 김천소년형무소로,
서상교, 김상길, 이원현, 윤삼룡은 인천소년형무소로
분리되어 이감되었다.

이원현은 악성 늑막염으로 병보석후 죽음(***두 번째 희생자)

성명	검사구형	판사언도
이상호	단기 5년 이상 장기 7년	**단기 5년 이상 장기 10년(성인의 사형)**
서상교	단기 4년 이상 장기 7년	**단기 5년 이상 장기 7년**
김상길	단기 4년 이상 장기 7년	**단기 5년 이상 장기 7년**
김정진	단기 1년 이상 장기 3년	**단기 2년 이상 장기 3년**
이원현	장기 3년	**단기 2년 이상 장기 3년**
윤삼용	장기 3년	**단기 2년 이상 장기 3년**

부록3

受刑人名簿

수형인명부 2

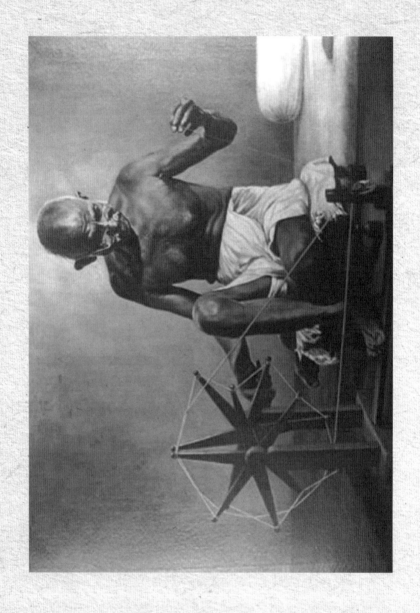

간디
1869/10/2~1948/1/30

모한다스 카람찬드 간디는 인도의 포르반다르라는 작은 도시에서
태어났다. 인도에서는 대부분이 힌두교인이고 윤회설을 믿었다.
아버지는 포르반다르 왕국의 총리가 되었고 어머니는 믿음이
두터워서 언제나 기도하며 자주 단식을 했다.

1888년 영국에 유학 가서 1891년 변호사 자격을 획득하기까지
3년 동안 런던생활에서 많은 새로운 경험을 겪었다.
첫 번째는 음식이었는데 채식과 육식 사이에서 여러 가저 실험도
거치며 나중에는 원래의 채식주의로 돌아왔다.
또 친구의 충고를 받아들여 영국신사가 되기로 하고 멋진 양복과
은장식 달린 지팡이와 가죽구두를 장만하여 파티에도 참석하고
바이올린을 사고 사교춤도 배우고 프랑스어도 배웠는데
3개월이 지난 뒤 원래의 목적인 법률공부에 몰두했다.

런던 생활에서 자기를 다스리는 법을 배운 간디는 1891년 6월
변호사시험에 합격하고 바로 어머니의 사망소식을 듣고 슬픔을
누르고 앞으로 열심히 살겠다고 돌아가신 어머니께 약속했다.

변호사 사무실을 연 간디는 남아프리카에 있는 인도회사와
계약기간 1년의 법률자문요청을 받아 남아프리카로 출발했는데
이것이 21년이 넘는 남아프리카 생활의 시작이었다.

남아프리카에 도착하자마자 간디는 인도인들이 제대로 대우를
받지 못한다는 것을 알게 되었다.
영국의 지배계급인 백인들은 인종차별에 더해서 인도인들을
무조건 무시하고 멸시하고 인간 취급을 하지 않았다.
1860년대부터 인도인들을 5년 계약으로 데려와서 부려 먹은
백인들은 인도인들을 원주민 이상으로 대우해주기를 거부하고
선거권을 박탈하고 머릿수에 따라 메기는 인두세를 부과하기도
하여 인도인들의 지위가 상승해서 백인들의 그것과 가까워
질까 봐 오만가지 트집을 잡아 무조건 깎아내렸다.

간디는 백인 행정부 관리들의 만행에 하나하나 투쟁하며
비폭력 불복종의 방법으로 한편으로는 법원에 제소하고
한편으로는 언론에 호소하고 한편으로는 관리들에게 비협조로
항의하여 비폭력적 방법으로 끈질긴 저항을 계속하였다.
보어전쟁에서는 영국을 지원하기도 하고 인도인 대표단을 이끌고
런던에 가서 정치인들과 언론에 호소도 해봤지만 소득이 없었다.
그러나 이 저항운동의 가장 큰 성과는 인도인의 마음을 움직여서

백인들의 횡포에 대해서 이제까지 무기력하게 아무 대응도
하지 못하던 인도인들이 단결해서 조직적으로 뭔가 할 수
있다는 자신감이 생긴 것이었다.
그 효과가 큰지 작은지 하는 것은 논외이고 무언가 대응을
하고 그것에 모두 힘을 합칠 수 있고 그리고 정신적 지주가
있어서 그들을 이끌고 있다는 것이 큰 위안과 자부심이 되었다.

1915년 1월, 21년 만에 간디는 인도로 돌아왔다.
간디는 인도에서도 이미 유명해져 있었다.
간디가 남아프리카에서 보여준 용기 있는 행동과 인간의
존엄성을 위한 투쟁이 인도인의 가슴에 깊은 인상을 남긴 것이다.

간디는 먼저 캘커타에 사는 시인 타고르를 찾았다.
타고르는 1913년 노벨문학상을 수상해서 더 유명해졌다.
타고르는 맨 먼저 간디를 '마하트마'(위대한 영혼)라고 불렀다.

간디는 인도를 제대로 알고 싶어서 유명한 힌두교 성지와 여러
도시를 여러 달 동안 돌아다니며 많은 사람들을 만나서
상인과 거지, 농부와 스님 등 수많은 사람들과 대화를 나누었다.
고향 부근에서 '아슈람'이라고 부르는 공동체를 열어서 언제나
진실을 말하고 지키며 비폭력 정신을 따르고 두려워하지 않고

남의 것을 훔치지 않으며 자신을 엄격히 통제할 것을 서약했다.

1915년 자치정부운동이 일어나고 제1차 세계대전에서

영국을 지원한 간디는 인도라는 큰 밥줄을 빨아 먹는데 염치도

양심도 모두 내팽개친 영국의 정치인 관리 기업가들을 상대로

끝없는 정화운동을 이어 나갔다.

미묘한 문제에 봉착하면 단식을 행하여 내부를 단결시켰다.

제2차 세계대전 중에 인도 군인은 18만에서 225만 명으로

늘어났고 대부분 농촌 출신인 인도 군인들은 영국을 위해서

미얀마, 말레이반도, 중동지방과 유럽 전선에서 열심히 싸웠고

영국이 전쟁에 들인 비용의 반을 인도정부가 부담했다.

전쟁이 끝나고 끝까지 인도를 놓지 않으려고 바둥대던 처칠이

물러나고 노동당의 애틀리가 영국 수상이 되었다.

새로운 정부는 영국에 대한 두려움과 존경하는 마음이 사라진

인도에 대해서 국내 문제가 해결되면 자치정부를 허용하겠다고

발표하고 1947년 8월 15일 인도는 드디어 독립했다.

인도는 영국을 상대로 폭력적인 싸움 없이 독립을 쟁취한 것이다

영국이 인도를 떠난다는 사실이 분명해지자 그동안 사이가

좋지 않았던 힌두교도와 이슬람교도가 본격적으로 싸우기

시작하여 폭동이 일어나고 서로 죽이고 재산을 약탈하고 사람을
납치하며 상대를 개종시키는 일까지 일어났다.

무슬림 연맹은 인도가 독립하면 소수인 이슬람교도들이 다수를
차지하는 힌두교도들로부터 차별을 받게 될 것이라고 염려했다.

결국은 서로가 적개심을 앞세우며 인도와 파키스탄으로 갈라졌고
이런 와중에도 비통한 마음으로 화해와 비폭력을 주장하고 가르친
간디는 힌두교도와 이슬람교도가 화해할 때까지 아무것도
먹지 않겠다고 발표하고 1948년 1월 열여덟 번째 단식을
시작하였고 마하트마의 생명을 걱정한 모든 종교의 지도자들이
모여서 이슬람교도들의 생명과 재산을 보호하기로 결의하여
단식을 중단시켰다.

그러나 간디는 1월 30일 힌두교의 영광을 꿈꾸는 열렬한
힌두교도 젊은이의 총탄에 생을 마감했다.

20세기가 낳은 가장 위대한 인물은 이렇게 사라졌다.

4부

대단원

김천소년형무소

상호에게 2평이 안 되는 독방이 배정되었다.
날카롭게 생긴 일본인 간수가 무표정하게 말했다.

"너는 사상범이다. 그 대우를 해주겠다.
이미 모든 사실이 다 드러나서 기술되어 있으니
새로운 조사와 진술은 필요 없다.
그러나 대일본제국을 무시하고 비웃은 죄는
하늘만큼 커서 여기서 살아나갈 생각은 말아라.
외부에 상처 하나 없이도 너를 죽이는 방법은 너무나 많다.
너는 골병 들어 죽을 것이다."

시멘트 바닥에 홑이불 한 장이 배정되었고
엄동설한에도 팬티 차림에 시멘트 바닥에서
가부좌를 틀고 앉아 하루종일 자기반성의 시간이 주어졌다.
당일 반성내용을 적어내게 해서 그 내용으로 여러 가지 체벌을
가했고 면회 및 일체의 외부활동이 금지되었다.

아버지

불과 며칠 지나지 않아서 몸에 이상이 느껴졌다.
시멘트 바닥에서 올라오는 차가운 한기가 온몸의 체온을
떨어뜨리니 대구형무소와는 전혀 다른 여건이라는 것을
몸이 먼저 느껴서 때때로 열이 나고 식은 땀이 흘렀다.
간수들은 희죽거리며 '기를 꺾고 맥을 끊는다'는 말을 자주
했는데 처음에는 무슨 뜻인지를 몰라서 의아하게 느꼈지만
계속 같은 말을 들으니 그들의 모든 행동이 자기의 기를 꺾고
맥을 끊기 위한 것이라는 알게 되었고 이를 저항하는 방법이
마땅히 없으니 운기조식으로 방어력 보강에 집중했다.

유치장에서 고문과 진술이 거듭될 때는 동지들과 상용이
생각을 많이 했고 때때로 외삼촌의 말씀도 생각이 나서
머릿속에서 지우느라 고심했었다.
그러나 김천형무소에 와서 먼저 떠오른 것은 아버지에 대한
죄송한 마음이었다.

'아들에게 닥친 절체절명의 위기를 어떡하든지 바꿔
보려고 집에 오는 형사와 경찰들에게 자기의 모든 것을
던져서 싹싹 빌고 반년 이상을 눈물과 하소연으로
겨우겨우 사태를 진정시켜서 최후진술에서 반성하면
석방될 수 있도록 까지 만들어 놓았는데 내가 그것을
거스르고 일을 망쳤으니 아버지의 마음이 어떠셨겠는가?
나는 일본경찰과 통치부의 교활함을 느끼고 그들이
원하는 것에 저항했고 따라서 마땅히 그 대가를 받고
있지만 아버지의 뜻을 따르지 못하고 너무나 큰 상처를
남겨 드렸으니 자식으로서 큰 죄를 지었구나.
나 때문에 법원 출입도 못 하시고 따라서 대서소일도
없어지고 생계가 막막해지셨는데 딸린 식구도 많으시고
(아이들은 많고…)
이렇게 생을 여기서 마감한다고 생각하니 너무나
원통하고 한스럽구나.

아버지!
아들은 나쁜 놈들과 타협하지 않고 떳떳한 길을
택하였으니 부디 용서하시고 너그러이 받아주소서.

사랑합니다. 아버지!'

어머니

어느 날 밤 꿈에서 어머니를 뵙고 잠이 깼다.
쌀쌀한 기온이었는데도 식은땀을 흘리면서 꿈에서 깨어났다.

대구상업중학교 입학시험을 한 달 정도 앞둔 겨울 어느 날,
공부를 일찍 시작한다고 새벽에 자명종 소리에 깨서
한겨울 차가운 새벽, 우물가에 세수하러 나왔더니 인기척이 있었다.
깜깜한 밤에 별빛 사이로 자세히 보니 어머니가 살평상에
물 한 그릇 떠놓고 두 손 모아 기도하고 계셨다.
평소에 이것 해라 저것 해라 잔소리 한마디 하지 않으시는
어머니는 자식들이 많음에 항상 기도로 마음을 다스리셨다.
아이들이 건강하게 자라고 앞길을 바르게 인도해 달라고
신령님께 기도드렸다.

자식들 중에 누가 입학시험을 보거나 아니면 졸업을 하든지,
혹은 감기가 심하게 걸려서 학교를 하루 이틀 쉴 때에도,
사내아이들이 동네에서 놀다가 친구들과 싸우거나 다치거나,
학교 소풍이나 수학여행때문에 흥분해서 잠못이루는 날에도,

크거나 작거나 일이 생기면 새벽에 일어나셔서서 맑은 정신에
집중해서 기도하셨다.

'아! 내가 여기까지 살아온 것이 무엇하나 어머니의
기도 없이 된 것이 없구나.
동화사 근처 산에서 놀다가 발을 헛디뎌서 다쳤던 때,
중학교 입학시험 준비한다고 방은 동생들에게 주고
대청에 추운데서 공부하다가 독한 감기에 걸려
학교도 못가고 일주일을 기침과 콧물로 지난 그때,
모두 어머니의 기도덕분에 무사히 지나갔구나.'

하고 생각하니 잠을 이룰 수가 없었고 틈만 나면 오랫동안
어머니를 생각하며 저절로 눈물이 나와서 간수에게 들키고
짐짓 다른 짓을 하여 모면하기도 하였다.

"못난 자식은 오늘도 당신의 속을 썩이고 속절없이
또 죄를 짓습니다.

사랑합니다. 어머니!"

아끼고

날씨가 따뜻해져서 김천에 온 지 반년 안 되는 어느 날
아끼고가 문득 떠올랐다.
머릿속에 어디에 숨어 있었는지 그 모습이 너무나 생생히 살아났다.
처음 만난 체육관에서 자기를 응원하던 큰 눈망울의 아끼고,
본인의 엄마를 걱정하며 염려하던 따뜻한 마음씨의 아끼고,
침울한 집안 분위기를 살리기 위해 몸에 밴 쾌활함으로
무엇에든 거침이 없던 아끼고,
같이 지냈던 모든 장면들이 생생이 살아나는데,
마지막 그녀를 집까지 배웅해 주면서 아무 말없이 헤어진 것은
내가 선택한 길이 서로 다르고 아끼고를 더 이상 지켜줄수 없고
그녀와 마음을 주고 받으며 즐거움을 나눌수 없기 때문이었다.
그러나 아끼고를 생각하며 이 순간 마음이 물결치는 것은 왜일까?
같이 보냈던 그 순간순간들이 모여서 머릿속에서 파노라마처럼
펼쳐지며 온몸이 긴장되며 정신이 맑아지는 이 경지는?

아, 내 마음속에 새겨진 지울수 없는 여인 아끼고!

열반

열이 심해져서 온몸이 불덩어리가 되었다가 주변의 한기에
차갑게 식기를 반복했다. 가만히 앉아 있는 것도 힘들어서
옆으로 쓰러지고 무너져 내렸다.
일본의 억압에서 벗어나 조선독립을 이루어서 동지들과 같이
학교 교정을 뛰어 다니며 덩실덩실 춤추었다.
아버지 어머니와 상용이도 앞마당으로 나와서 같이 춤추는데
동생들과 외삼촌네 식구들이 모두 합쳐지니 마당이 비좁네.
반월당 앞에서는 대구시민이 모두 나와서 기쁨의 눈물을 흘리며
태극기를 흔들며 만세를 목청껏 외치네.
처절한 표정으로 상용이를 부르기도 하고 혼자 격한 표정을
지으며 일본통치부를 혼내기도 했다.

마지막에는 반 혼수상태에서 편안한 얼굴이 되었다.
세상의 모든 인연의 끈을 놓고 마음을 비웠다.
아무것도 할 수 없을 때 서로 용서하고 사랑하리라.
모든 분노와 미움이 사라지고 생의 마지막 고비에서
고요함과 무아의 경지에 이르렀다.

늑막염 및 합병증으로 병보석 1945/3

별다른 반응을 보이지 않다가 앉지도 못하고 옆으로
쓰러지고 무너져 내리니 몇 번 형식적으로 의무실로
데리고 가서 진찰을 받았다.
그러나 병의 원인을 검사하지도 않고 약도 별로 없으니
감기 걸린 사람에게 빨간약 발라주듯 형식적인 치료만
간간이 하다가 실제는 더 병을 악화시켰다.

가족들은 전혀 면회가 허락되지 않아서 깜깜 무소식에
무슨 일이 일어나고 있는지 알 수가 없으니 대처할 방법도
없었고 일본인 간수 몇 명으로 구성된 특수임무반이 있어서
이상호를 담당했는데 신원이 알려지지 않아서 외삼촌이
나서서 여기저기 알아 보았지만 별무소득이었다.
그렇게 시간 끌기를 계속하던중 영양부족까지 겹쳐 완전히
죽기 직전에 병보석이 허락되었다.
회복불능의 상태를 확인한 후에.

어머니의 간병

어머니는 상호가 집에 온 날 바로 사태를 알아차렸다.
두 눈의 정기는 간 곳이 없고 열이 펄펄 나고
몸을 못 가누며 앉아있지도 못하는 몰골의 아들을
임시군용침대에 눕히고 방에 불을 때며 미음을 먹이고
의사를 불렀지만 의사도 청진기 하나로 짐작만 하고
그동안의 진행과정을 모르니 속수무책이었다.
또한, 약도 풍족하지 못한 때라 백방에 수소문하여
소염제와 진통제를 조금 먹었다.
아버지는 보시고 가끔 눈시울을 적셨지만 말은 없었다.
따뜻한 물수건으로 온몸을 씻기고 몸에 좋다는
여러 가지 죽으로 영양을 보충시키기를 한 달이 지나니
어쨌든 어머니의 극진한 간호로 의식을 회복하여
부모 형제를 알아보고 말은 약한 소리로 겨우 몇 마디
하는데 혼자서는 앉지도 일어나지도 못했다.
의식이 돌아온 후에는 눈짓 등으로 의사 표현을 하되
신문 보기를 좋아해 동생들이 신문을 펼치고 잡아주었다.

전쟁의 맞바지

오키나와 전투 1945/4~6

최초로 일본영토인 오키나와에서 벌어진 전투에서
양측은 모두 사력을 다해서 싸워서 서로에게 커다란 상처를
남겼다. 압도적인 화력을 앞세운 미군의 상륙에 맞서서
천연요새인 동굴 진지와 석회암을 이용해 결사적으로 맞선
일본군의 격렬한 저항으로 전투는 쉽게 끝나지 못하고
사상자 수는 큰 폭으로 늘었다.

조선인 700여 명을 포함한 일본군의 사망자는 10만 명을 넘었고
포로로 잡힌 자의 숫자도 만오천 명을 돌파했으며
미군의 사상자 수도 더운 날씨로 인해 부상병의 사망률이
증가하여 예상을 뛰어넘는 높은 수준으로
(사망 1만2천여 명, 부상 3만6천여 명)

태평양전쟁 후 최고 숫자를 기록했다.

비록 승리했지만 높은 전상자 수는 미국 국내 정치에 큰 부담이

되었고 이후 소련의 대일 참전 종용과 원자폭탄의 투하로

연결되어 전쟁의 종말을 재촉하는 결과를 불렀다.

독립된 왕국에서 19세기 말에 일본에 편입된 오키나와

주민들에게 일본은 명예롭게 죽기를 강요했다.

미군에게 점령당하면 어차피 비참하게 살해당하니

그전에 알아서 가족끼리 자살하라는 명령이었다.

10만 명 이상의 주민들이 공포와 두려움 속에서 서로 죽이고

자살하는 광적인 사태가 많이 발생했다.

특히 여성들이 억울하게 희생되는 경우가 많았는데,

영예로운 죽음을 강요해 소년이 자신의 어머니와 여동생을

때려 죽였다는 사례도 알려졌고 미군에게 욕보일 것이

두려워 먼저 딸을 죽인 노인의 얘기도 있었다.

더군다나 이런 많은 비극을 미화시키고 자랑스럽게 포장하는

극우세력들이 그때도 광분하고 설쳤고 자기네만 옳다고

우기면서 많은 사람들을 세뇌시키고 선량한 사람들을 공포와

두려움으로 몰아 넣어서 억울한 죽음에 이르게 했다.

카미카제

4월 6일 큐슈를 이륙한 400여 기의 제로센 자살특공대가
미군 함선을 공격하는 것을 시작하여 총7회의
특공작전에 1,500기가 동원되어 카미카제가 실행되었다.
폭탄이나 어뢰를 실은 항공기로 적군함에 충돌하여
자신의 죽음으로 상대에 큰 피해를 입힌다는 전술이다.

일본군으로서는 태평양전쟁에서의 연속적인 일방적 패배와
군사력의 한계를 받아들이지 못하고 국가가 개인에게 자살을
명한 것으로 개인의 인명을 극단적으로 경시하는 최악의
행위였다. 당시 광기와 인명 경시 사상이 만연했던 일본 군부
내부에서도 말도 안된다고 외면하였지만 전쟁을 지속할 수 없는
상황 하에서 항복이나 강화를 택하지 않고 극단적인 자폭을
강요한 것은 통치부의 잔혹함과 우둔함을 드러낸 것이다.
공격의 성공률과 효과는 매우 낮았는데, 양성하는 데 막대한
비용과 시간이 필요한 고급인력인 비행사를 단발적인 작전에
허무하게 낭비하였다.
이에 미군은 접근전을 피하는 방어전술을 개발하여 대응했다.

일본 본토공습

1945년 3월 9일 미군 B-29 폭격기가 1,600여 톤의
네이팜탄을 도쿄 시가지(스미다강 양안)에 뿌려댔다.
건물 267,000여 채가 잿더미가 되고 사망자는 10만이 넘었다.

3월 11일 나고야, 3월 13~14일 오사카,
3월 16일 고베 순으로 불과 10일 만에 일본의 주요 도시
4개를 폭격하여 지형과 지도가 바뀌는 처참한 피해를 입혔다.

1945년 3월부터 7월까지 4개월간 미군은 9만여 톤의 폭탄을
일본에 투하했고 27개 도시, 건물 250만 동을 초토화했고
그동안 약 50만 명 이상이 폭격으로 죽었고
전국의 산업생산능력이 절반 이하로 줄어들었으며
1,300만 명이 집을 잃었다.(최대 사망자 100만 명 추산)

중세 천년의 수도였던 교토는 문화재 보호차원으로, 히로시마,
나가사끼, 고쿠라는 핵폭격 대상지역이라서 공습에서 빠졌다.

아끼고 외삼촌의 대구 방문

캔 마루야마 정보과장은 부산에서 대구역애 도착한 시바타
소령을 맞이했다. 멀리서 모습을 확인하고 다가가서 악수했지만
오래만의 여행길에 퉁퉁 부은 듯 지팡이를 짚은 시바타의
모습은 어딘지 어색했다. 7년 만인가, 8년만인가, 대학졸업후
결혼하고 나서 남자로서 인생의 가장 황금 시기를 전쟁에 바친
두 친구가 근 10년 만에 만나니 서로 만감이 교차했다.

  "아끼고는 아직도 교토생활이 별로인가 봐.
  일 년이 넘었는데도 대학생활에 적응을 못 한다고 하니
  뭔가 조선에 미련이 남는 일이 있는 모양인데…"

마루야마 정보과장은 고개를 끄떡여서 알아들었다는 표현을 하며
술잔을 따랐다. 처음 몇 잔을 연거푸 들이킨 시바타는 한탄 섞인
말문을 쏟아냈다. 평소에는 누구에게도 나타내지 않던 속마음을
어릴 때 불알친구를 오랜만에 만나서 속 시원히 털어놓았다.

"전쟁이 막바지에 이르렀다.

제대로 훈련도 받지 못한 조종사를 포탄과 같이

태워 보내면 살아 돌아올 확률은 거의 제로,

그나마 반 이상이 전투지역에 도착하지도 못하고

기체불량, 조종미숙 등등의 이유로 중간에 추락하여

개죽음을 당하고 제로센도 소모된다.

단 20시간이라도 비행연습을 해서 출격을 시키면

내 양심의 가책이라도 덜어낼 수 있겠다.

비행시간 10시간도 못 채운 스무 살도 안 된 어린아이를

날려 보내면서 무엇을 기대하라는 것일까?

우리는 왜 이런 짓을 계속하는지 나는 모른다.

이렇게 해서 젊은 조종사 하나하나를 날려 보내면

전쟁에 무슨 도움이 되는지 나는 모른다.

나는 사무라이의 후예다.

한번 충성하면 죽음으로 영주를 섬겼다.

나보고 제로센을 타고 적진으로 날아가라 하면

기꺼이 그 명령을 받아 한목숨 바치겠다.

그러나 지금의 이 상황은 무엇인가?

적들은 우리의 전술을 깨쳐서 접근전을 피하고 있고

지난 동경공습에서는 수십만의 사상자가 있었고

자네도 아는 내 입대동기 스즈끼네 일가족 6명도

전부 죽었고 우리는 끝없이 젊은 병사와 민간인들을
희생하며 천천히 천천히 스스로 침몰하고 있다네.

3년 전만 해도 일본은 세계최대의 항공모함군단과
세계 최고성능의 제로센에 더해서 가장 우수한 조종사를
갖추고 있다고 열강의 부러움을 받았다.
그런데 몇 년 사이에 추락해서 지금은 완전 수렁에 빠져
무엇을 하고 무엇을 하지 말아야 하는지도 모르는
감각과 두뇌가 없는 불나방이 되어버렸다.
비행학교에서 무엇을 가르칠지도 모르겠다.
적기와의 공중전 전술은 가르친 지 오래되었고
살아 돌아와서 보자는 말도 못하고 출격시키니
우리는 모두 죽음 앞에서 앞으로 나아갈 줄만 아는
미친 개미떼들이다.
아! 대일본제국이여 무슨 꿈을 꾸고 있는가?

나는 두통과 심한 불면증에 잠들 수가 없고
술 없이는 뭣하나 할 수 없는 술주정뱅이가 되었네.
그래도 비행학교에서는 제일 가는 교관이지.
모든 것이 미쳐 돌아가는데 나도 미쳐야 살지.
제정신에 온전한 사고를 가지고는 절대로 못살지.
어쩌다가 무엇이 잘못되어서 이렇게 되었나?
어떻게 여기까지 왔는지?"

일본의 패전 및 조선의 독립을 예언

5월의 어느 날 신문을 보던 상호가 동생들을 불렀다.
마침 아버지 어머니도 같이하셨다.
상호가 말했다.

"일본이 패망하여 전쟁이 곧 끝이 나겠고
따라서 우리나라가 곧 독립하겠다.
오늘 신문에 일본군이 오키나와에서 미군을 크게
무찔렀다고 나왔다.
매일 승전보가 신문에 나오지만
두 달 전에는 유황도에서, 그전에는 필리핀에서 미군을
크게 격파했다고 커다란 사진과 함께 신문에 나왔었다.
일본이 미군을 크게 이겼다는 신문기사가 점점 일본에
가까운 쪽으로 옮겨와서 이제는 일본영토인
오키나와에서 전쟁이 터졌다는 것은
사실은 지금 일본이 전쟁에서 계속 지고 있는 중이고
또 일본 본토가 전쟁터가 되었고 따라서 일본이 곧

패망할 것이라는 전망이다.

조금만 더 견디면 우리 민족이 그렇게 갈망하던 독립이

이루어질 터이니 모두 몸조심하고 신중하게 행동해라.”

동생들이 듣고 놀라워하고 부모도 놀랐다.

아끼고와 재회

아끼고가 집에 찾아왔다. 일본 교토대학에 진학했는데

여름방학이라 출옥했다는 소식을 듣고 인사차 들렀다고 한다.

상호도 예상치 못했던 손님이라 조금은 쑥스럽다. 상호는 벽에

기대어 비스듬히 앉아서 대화하는데 아끼고가 소탈하게

이야기를 거침이 없이 흐르는 물처럼 자연스럽게 이끈다.

아끼고 아버지가 도경 정보과장으로서 재판 및 조서작성에

상호에게 유리한 쪽으로 작용하였으나 최후진술에서 상호가

그려서 일이 이렇게 되었다고 약간 원망 섞인 말도 한다.

아끼고는 대화 도중에도 상호의 건강상태를 확인하면서

눈빛과 반응을 관찰하고 예전의 활발하고 다정했던 모습을

찾아내려고 적극적이다. 약 한 시간이 지나서 상호가

약간 피곤한 모습을 보이자 어쩔 수 없이 내일을 기약하며
아끼고가 일어섰다.

다음날 점심시간이 지나서 아끼고가 다시 왔다.
아끼고가 오늘은 아주 차분해져서 완전한 숙녀의 모습이
되었고 상호도 하루 사이에 마음의 준비가 되었는지
눈빛이 맑고 정신이 또렷했다.

먼저 상호가 지나간 경과로 상용이의 죽음과 낙제 이야기를
했더니 아끼고도 들으면서 대충 알고 있는 듯했다.
아마 정보과장 아버지를 통해서 경과를 알고 있었던 모양이다.
태극단 활동과 조선독립의 당위성을 상호가 주장할 때는
현실적으로 무리라고 아끼고가 말하면서 상대가 아주
강할 때는 싸움을 걸지 않아야 한다고 받았다.

상호는 1942년초부터 이미 다른 길을 모색하고 있었고 동족이
고통을 당하며 영혼이 죽어가고 있는데 모른체 하고 있을수는
없고 모든 문제가 일본이 조선을 통치하기 때문이라고 밝혔다.

또한 상호는 김천교도소에서 느꼈던 아끼고에 대한 생각,
같이 지냈던 모든 장면들이 생생히 살아나서 마음을 휘몰아치는
그 흥분과 즐거움 등을 고백했다.
아끼고도 눈물을 보이고 목소리가 변하며 감정을 쏟아냈다.

자기도 왠지 모르게 허전하고 일본에서 대학생활에 적응이
안 되는 게 상호와의 관계를 매듭짓지 못했기 때문이라 느끼고
그것을 정리하려고 이번에 조선에 왔다고 한다.
자기도 상호가 좋았고, 상호의 남자다운 기개와 섬세한 배려의
따뜻함, 상호와 만나서 보낸 시간과 그 순간들, 이 모두를 너무나
사랑하는 자신을 느끼고는 어찌할 바를 모르겠다고 한다.

상호는 서너 시간이 지난 후 갑자기 힘이 빠져 대화가 힘들어졌다.
아끼고는 어쩔 수 없이 주섬주섬 일어섰다.
아끼고는 머리가 텅 빈 듯한 느낌이다. 아끼고의 무의식 속에
있던 믿음직하고 배려 깊은 상호는 이미 아니다.
대화 내용과 눈빛, 그리고 표정은 옛날의 상호가 그대로 나타나서
전혀 문제를 못 느끼고 즐거웠는데 어느 순간 허물어져 버리니
마치 상호가 순간 이동을 해서 사라져 버리는 것 같았다.

며칠 후 오후 늦게 아끼고가 집에 왔다.
큰 폭탄을 미군이 일본에 터뜨려 많은 사람이 죽어서
온 일본이 민심이 흉흉하다고 연락이 와서
엄마가 걱정돼서 곧 일본으로 돌아가야 해서 들렀다고 한다.
이제 헤어지면 겨울방학 때나 만날지 모르겠다며
상호와의 시간을 오래오래 갖고 싶다고 하룻밤을 상호와
단둘이서 지새웠다.
아끼고는 다음 날 정오쯤 집을 나갔다.

얼떨결에 찾아온 해방

중대발표 라디오방송

차분한 길거리와 시민들

일본인들의 철수준비

동지들과 재회

인천교도소에 수감되었던 김상길, 서상교와

김천소년형무소에 갔던 김정진 등 다수가 방문하여

오랜만에 서로 끌어안고 감격의 회포를 나누는 중에

상호는 벽에 몸을 기대어 겨우 포옹하는 시늉을 했다.

미군과 소련군은 38선으로 나누어 조선반도를 점령하였고

남쪽의 미군은 스스로를 해방군이 아니고 점령군이라 칭하며

상해 독립정부와 건국준비위원회 등 조선민족의 자치단체를

인정하지 않았다.

치안유지를 위해 일본경찰 조직을 그대로 활용하였고

미소 공동위원회를 열어 신탁통치안을 논의하였다.

수십개의 정당들이 탄생하였으며 신탁통치 찬반으로

남북이 분열했고 좌우합작을 내세운 중도세력이 탄생했다.

'일본의 앞잡이 짓을 했던 놈들이 활개를 치고

우리를 고문했던 형사들이 승진하는 현실이

너무나 고통스럽구나.

우리 스스로의 힘에 의해 이루어진 독립이 아니고

외세에 의한 해방을 맞으니 앞으로가 더 걱정이다.

민족의 앞날이 순탄치 않을 것 같구나.'

적산가옥 문제 등

동지들이 두 달 만에 모두 모였다.

그중 하나가 큰 소리로 말했다.

"일본놈들이 물러가고 난 후 그들이 남긴 집, 물건들을

어떻게 처리하느냐는 문제로 요즘 시내가 시끄럽다.

실제로 과거에 무슨 짓을 했건 먼저 차지하는 자가

임자가 되는 형국이다.

우리도 나라를 위해서 목숨을 건 독립투사들인데

모두 합심해서 일어나서 큰 건 몇 개라도 우리가
차지하면 그 누가 뭐라 할 사람들이 있겠는가?
단장! 같이 합시다."

이상호가 대답했다.

"사랑하는 동지 여러분,
우리는 원래 대구상업학교 학생이었다.
우리가 진정으로 원했던 것은 조선의 독립이었는데
지금 우리의 목적은 이미 달성되었다.
그러니 우리는 원래의 본분 학생으로 돌아가서
학업에 충실하고 공부 열심히 해서 앞으로 다가올
일본과의 경쟁에서 이길 수 있는 조선이 되도록
우리 모두 초석이 됩시다."

동지들은 본분을 지키자는 단장의 호소에
말문이 막혀 하나둘씩 자리를 떠났다.

죽음 – 사회장, 그 후

12월 9일 자택에서 사망하였다.(***세 번째 희생자)

경상북도에서 사회장으로 결정하여 제반 진행을
주관하였으며 장례일인 12월 11일 고인의 자택 앞인
대구 덕산동 반월당 광장에 사회단체대표와
시내 각 학교대표 및 수많은 시민이 운집해서 영결식을 치렀다.

경북교육협회장 이규원, 경북도 학무국장 이효상,
태극단 독립운동대표 김정진 등 많은 분들의 조사가
고인의 참되고 값진 삶을 애도하고 거룩한 넋을 추모하며
영령의 평안을 빌었다.

나보다 먼저 가는 이는 내 아들이 아니다 하시면서
어머니는 울지도 않으셨고 장례식에도 불참하셨다.

아버지도 자신감을 많이 잃으시고 외삼촌과의 관계도

서먹해져서 처가와 멀어졌다.

대구 〈영남일보〉는 하루 늦은 12월 12일 이상호의
사회장 소식을 보도했다.

외삼촌 정태진은 1952년 설암으로 돌아가셨다.

누이동생 봉춘은 경북여고를 졸업한 후 적령기에
부모가 돌아가셔서 어질러진 집안을 돌보다가
평생을 독신으로 어린 동생들을 뒷바라지하며 살았다.

사회장에서 사람들이 모여 인산인해를 이루어서
어린아이를 복잡한 곳에서 피한다고 일하는 여자애가
상준을(당시 3살) 업고 덕산국민학교에 놀러 갔다가
야구공을 머리에 맞아 아이 머리에 큰혹이 났었는데
그 영향으로 상준은 신체적으로 약했다.

동지 윤삼용은 대구공립공업학교에 복학하여 학업 중
옥고가 원인이 되어 발병한 늑막염으로
1947년 7월 중순에 사망했다.(*** 네 번째 희생자)

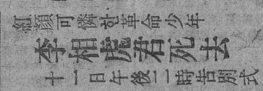

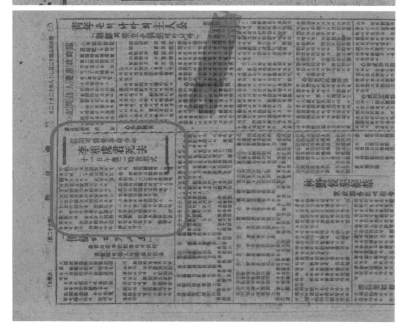

홍안 가련한 혁명 소년
이상호군 서거

11일 오후 2시 고별식

가혹한 일본제국 질곡 아래

20세 미만의 홍안 소년으로서 조국광복의

이상을 실천하고저 굳센 투쟁력을

결집하야 대구 상업학교 생도를

중심으로 한 독립 태극단으로써

결사적 투쟁을 전개하다가

마침내 사전에 계획이 탄로되어

김천소년형무소에서 냉오의 철실생활로

말미암아 병마의 신음 아래 건국약진의

모습을 병석에서 학수 하던 이상호(20세) 군은

동지와 친족의 간호 아래 지난 9일 조용히

파란 많은 혁명의 일생을 통한 막을 지웠다.

그 눈물겨운 고별식은 11일 오후 2시부터

덕산정 반월당 앞 가로에서 동지, 친족,

사회 각 단체 대표자들의 참석 아래

엄숙히 거행되었다.

후기

상호 형이 형무소에서 나와서 집에서 요양을 하여 겨우 정신이
돌아올 때 방안을 들락거리며 물도 떠다 주고 신문도 가져다주는
심부름을 여동생 봉춘과 남동생 상린이가 주로 하였다.

당시에 봉춘이 국민학교 5학년, 상린이 국민학교 3학년이었는데
둘 다 총명해서 상호 형도 좋아했고 특히 상린이에게 얘기를
많이 하여 본인의 투쟁의 역사를 구술로 남겼다.

김천 소년형무소에서 이미 죽음의 문턱을 경험한 상호 형은
일본 경찰이나 군부가 하는 사건조작이나 왜곡 또는 허위선전에
대해서 꿰뚫어 보는 혜안이 생겼는데 이것을 일반사람들이
이해하고 판단하기는 쉽지 않다.

상호 형의 투쟁의 구술은,

첫째, 법정 최후진술(P151)

이 부분은 상린 형이 상호 형에게서 들은 것을 필자에게 몇 번
전해주었는데 토씨 하나 가감 없이 여기에 그대로 기술했다.
경북도청 지도부는 경찰과 형사들을 통해서, 경제적으로 고통받고
어떻게 해서라도 아들을 살리고 싶은 아버지에게 상호 형을
회유하라고 압력을 가했다.
아버지는 그럴듯하다고 생각하고 상호 형을 설득하려 했다.
그러나 상호 형의 사상적 안목은 이미 높은 수준에 올라서
각종의 차별제도를 넘어서 일본의 국가 기틀을 이루는 일황과
핵심 통치부의 정신이 문제임을 파악하고 이를 설파했다.
창씨개명, 조선어폐지 등 조선민족 말살정책이 역사의 심판을
받는다? 지금 보면 당연하다.
잘못된 일본의 국가 정신을 이상호 단장이 지적하고 뒤엎었다.
더 악랄해진 일본에게 목숨을 대가로 주고.

둘째, 형무소 생활(P169)

일본 간수들이 사상범에 대해서는 끔찍할 정도로 매몰차게
취급해서 사람의 맥을 끊어 놓는다는 표현을 했다.
일반 죄수와는 다르게 천천히 사지로 몰아넣어 완전히 죽을 때
까지 끊임없는 체형을 가했다고 한다.

셋째, 조선의 독립을 예견(P185)

상호형은 일본군부의 언론플레이를 꿰뚫어 보고 있었다.

신문에서는 매일 일본군이 미군을 크게 격파했다는 기사가

일면에 실렸지만 격파했다는 장소가 일본본토에 점점

가까와지고 있었으니 일본의 패전이 눈앞에 보였으리라.

넷째, 적산가옥 문제(P190)

죽음을 눈앞에 둔 사람은 현실의 유혹에 초연하다.

상호 형이 일본경찰에 잡혀가고 나서부터 우리 집안의 첫 번째

흑역사가 시작되어서 해방 전까지 계속되었다.

경찰수사대원과 형사들이 밤낮으로 찾아와서는 아버지와

어머니까지 문초하고 온 집안을 뒤지며 못살게 굴었다.

아버지는 바로 대서방을 개점휴업했고 일본경찰의 모든 요구에

협조하며 자기 모든 것을 내보이며 싹싹 빌었다.

경제적으로는 모든 소비를 줄이고 오로지 생존의 길을 걸었다.

끔찍한 현실과 아무런 미래가 보이지 않았을 때 아버지의 마음이

어떠했을지 그 모습이 지금 생각해보아도 서글프다.

아버지 다음으로 타격을 받은 이는 상기 형이다.

당시 국민학교 5년생으로 학교에서 완전히 왕따를 당하고

공부도 안 되고 바깥으로만 내돌림 당했다고 한다.

다행히 2년 반 후에 해방이 되어 본래의 모습을 되찾을 수 있었다.

필자는 고등학교 때부터 열네 살 차이 나는 상린 형이 가끔 술이
한잔 들어가면 단편적으로 얘기해주어서 들은 내용에
전체적인 윤곽 없이 기억으로만 남아 있었는데
이번 집필을 통해 완전히 정리가 되어 속으로 너무 시원하다.

왼쪽 사진은 1969년 정태진 외삼촌의 장남 정상근의
대학졸업식에서 찍은 사진이다.
오른쪽부터 누나 이봉춘, 정상근, 장녀 정영자, 이상린이다.

봉춘 누나는 1934년생으로 경북여고를 졸업하고 경북대학에
입학했다. 경북여고를 다닐 때 6.25전쟁이 일어나서 학교가
중단되고 부산으로 피난 가서 수업이 진행되었다고 하는데
누나는 대구에 있어서 수업을 일 년 이상 받지 못하고 집에서
혼자 빈둥거리다가 피난 갔던 학생들이 대구에 돌아와서 치른
연말시험에서 1등을 해서 경북여고에서 이름을 날렸다.

만 24세가 되던 해에 아버지가 추석 다음 날 급체로 돌아가셨다.
어머니는 이미 중풍으로 움직이지 못했고 막내(필자)는
국민학교 2학년이었는데 아버지가 돌아가시자 대서방 친구들이
돈 꾸어준 것을 받지 못했다고 재판을 시작하는 등의 문제로
집안이 소용돌이 속으로 말려들어 결혼 적령기를 넘겼다.

형들은 모두 자기 살기에 바빠서 누나의 앞길을 챙기지 못했고
필자는 국민학교를 이리저리 옮기며 혹 노릇을 했으니…

모든 조카들을 사랑했고 둘째네 아이들을 맡아 키우기도 했는데
예나 지금이나 아이들을 키우고 바로 교육시키는 일은 쉽지 않다.
어쨌든 누나는 집안 형제들에 자부심을 갖고 살았는데
그마저도 형제간에 싸움에 말려들어 말년에는 상심이 컸다.

상근이 사촌 형은 외삼촌의 장남인데 1944년 말에 태어나서
1960년 경북고등학교에 수석 입학해서 신문에 났다.
독일에 주재원으로 오래 근무해서 외국어도 능통하고
독서와 다방면에 관심이 많고 젠틀맨이다.

영자 사촌 누나는 1936년생으로 2018년 봄에 마지막으로 뵈었다.
정태진 외삼촌이 키가 182cm로 인물이 훤칠해서 일본사람들도
조선에 이렇게 잘생긴 남자가 있냐며 경탄했다고 하고
김천의 금융조합에 2년간 근무했고 대구에서 김천으로
이사할 때에도 이삿짐의 대부분이 책만 가득했다고 했다.
일본 유학 초기자금은 대구 앞산의 땅을 팔아 충당했다고 했고
처가가 경상남도 진전면 오서리에서 삼대가 참봉인 집안인데
(외아지매는 명문 진주여고 출신이고) 사위 사랑이 극진해서

기꺼이 외삼촌 유학비용을 감당했다고 했다.

상호 형 판결 재판에도 외삼촌과 같이 참석했다고 했는데

상호 형이 죄수들이 쓰는 형틀 같은 것을 머리에 쓰고 재판정에

들어오던 모습을 기억한다고 했다.

그 후 2019년에 돌아가셨다.

상린 형은 1936년생으로 우리 집에서 공부를 제일 잘했다.

경북고등학교를 졸업하고 바로 서울공대 화공과를 입학했다.

상호 형의 영향을 가장 많이 받아 운동도 열심히 했고

인간관계를 중시해서 여러 사람들과 잘 어울리며

특히 경조사를 잘 챙겨서 상가집에서 밤새 노름도 하기도 했고

동생들과 가족에게도 인기가 많았다.

상호 형 이야기도 형제들 중에 유일하게 많이 했고

우리 모든 형제가 어머니 유전자를 받아 명석하다고 했다.

사업할 때는 부산에 봉제공장이 있었고 미국과 독일에 지사를

두고 큰 규모로 확장하여 1960년대 수출산업에 앞장섰다.

그러나 좀 느긋한 성격이어서 급변하는 환경에 대처는 늦었고

후에는 술과 스트레스로 건강이 좋지 않았다.

산소에서 절하는 상준 형 2016년 모습이다.

상호 형 사회장 하던 날 머리에 야구공을 맞은 그 형이다.

옆에서 술병을 들고 있는 사람이 우리 집 장손 주영이다.

상준 형은 1942년생으로 형제들 중에 아버지를 제일 많이 닮았다.

배다른 고모들이 셋이었는데 그 고모들이 상준 형을 보고

"준이 니는 우째 그리 오빠를 닮았노?" 하면

"오빠라 캐라" 하고 받아서 한바탕 웃음보가 터졌다.

오빠라고 부르라는 말이다.

본인 닮았다고 아버지도 예뻐하셔 대서방에서 많은 시간을 보냈다.

아버지에게 들은 할아버지, 증조할아버지 등 우리 집안의 내력을

꿰차고 있어서 궁금하면 모두가 상준 형에게 물었고

그러면 바로 이름과 설명이 따르니 우리 집안의 사전이었다.

상호 형이 중학교 1학년 때 유도 초단 사진도 있었다고 전했다.

우리 형제들이 모두가 노래 부르기를 좋아해서 시도 때도 없이

동네가 시끄러웠는데 그중에서도 상준 형이 목청도 좋고 음색이

고와서 일등이었고 친척중 복자 누나는 지금도 상준이가 성악을

했어야 했다고 한다. 어릴 때 지금 싸이가 추는 말춤도 잘 추었고

여러가지 재능과 다방면에 끼가 있었고 필자가 어린 시절에는

여덟 살 많은 바로 위 형이었는데 (중간에 몇 명은 먼저 죽었다.)

모든 면에서 뛰어나서 선망의 대상이었다.

상호, 상용이 형들이 돌아가시고 상기 형이 장남이 되었다.
공군에 입대하여 공사 2기로 공군사관학교 교수부장까지 하고
외국어대학교로 옮겨서 부총장을 지냈다.
첫째가 상기 형, 둘째가 상린 형, 셋째가 익조 형, 넷째가 상준 형
다섯째가 막내인 필자인데 익조 형은 우리 집안 남자 중에 제일
잘생겨서 코도 높고 얼굴 윤곽이 서구적으로 또렷해서
여자들에게 인기가 좋았는데 본인은 수줍음을 타는 성격이었다.

왼쪽 사진은 산소에서 며느리 셋이 절을 준비하고 있다.
제일 왼쪽이 다섯째(필자의 처), 넷째, 첫째 순이다.
부모님은 사위는 없고 다섯 며느리를 얻었는데 그중에 셋이다.
2012년부터 매년 추석 지나고 10월 말경에 가족들이 산소에
모여서 하루를 보냈는데 코로나 때문에 2020년부터 쉬었다.
2023년은 모임이 풀려서 다시 모일 것 같다.

첫째 형수는 일꾼이었다.
명절 제사 두 번에 아버지, 엄마, 할아버지 제사까지 그 많은
제사음식에 모인 형제들과 수많은 조카들 식사에다가 또 끝나고
헤어질 때는 제사음식이라고 싸주기까지 했다.
넷째는 미인이고 부드럽고 양순한 성격으로 모가 나는 일이 없다.
필자의 처는 공부도 잘했지만 판단력도 뛰어나서 장군감이다.

2016/11/20 16:12

왼쪽 사진은 산소 갔다가 서울 오기 전에 지리산 부근의 어떤 절 근처에서 잠깐 쉬며 한 컷 찍은 것이다.

왼쪽에 앉은 세 명은 며느리, 그리고 필자, 소영이, 하영이, 재윤이, 준영이, 주헌이, 계영이 순이다.

조카들과 우리 아이들은 모두 영자 돌림이고, 아니면 손주뻘이다.

1963년 3월 군사혁명정부는 독립유공자 포상 심의에서 태극단 사건의 의의를 높이 평가하여 이상호, 서상교, 김상길에게 건국공로훈장 단장을 수여하고 그후 3등급 독립장으로 개칭되었다. 여기서 의문이 발생한다. 서상교, 김상길은 1943년 4월 18일 상호형의 권유로 태극단 간부가 되어 활동하다가 총 2년 4개월 감옥생활 후 해방을 맞아 풀려나서 90세 이상의 천수를 누리셨다. 상호형은 1939년부터 민족의식과 독립정신에 고취되어 1942년 동생 상용이와 그 친구들로 구성된 모임을 주도하였다. 그 경험으로 1943년 태극단을 창단하여 조직, 강령을 만들고 단장에 취임하여 모든 것을 통솔하였고 감옥에서도 일본핵심부와 사상적인 대결을 하였다. 그 후 처절한 고문을 당하여 20세가 되기 전에 돌아가셔서 경상북도가 고인의 마지막 가는 길을 사회장으로 위로했는데 어찌하여 세사람이 같은 3등급인가 하는 문제이다.

이에 필자 및 여러 사람들은 이상호의 포상 등급을 1등급으로 올려서 대한민국장으로 하는 포상 변경 신청을 하여 진행 중이다. 독자 여러분의 많은 응원과 동참을 기대한다.

태극단 학생 독립 운동 기념탑

이 책의 3부 태극단 활동과 심문조서는 상호 형이 다녔던
대구상고 총동창회가 후원하고 경산대학교 조춘호 교수님이
일제시대의 태극단 독립운동 자료들을 수집, 번역하여 만든 책
《태극단학생독립운동》에 근거하였다.
대구상고 총동창회와 조춘호 교수님께 이 지면을 통해
다시 한번 감사의 말씀을 드린다.
1975년부터 매년 5월 9일 대구상고 총동창회 주관으로
숭고한 태극단 독립운동의 뜻과 영령의 넋을 기리는 추모식이
대구상원고 교정안에 있는 기념탑(왼쪽 사진) 앞에서
동창회및 대구시내 관계인사들과 동지들의 유가족, 친지들과
학생회 임원들이 모두 참석하여 엄숙히 거행되고 있다.

이 책을 만드는 데 조카사위 박장경 장군의 도움을 많이 받았다.
공군사관학교 29기 조종사 출신으로 공군대학 총장을 역임했고
제로센과 F4F 와일드캣 사진 및 각 기종의 특장점과 단점,
그리고 붐앤줌, 타치위브 기동 등 당시 공중 전투기동에 관한
전문적인 설명을 제공해주어서 쉽게 옮겼다.
여기 지면을 빌려서 다시 한번 고마움을 전한다.

일본을 뒤엎은 TKD

초판 1쇄 발행 2023년 04월 24일
초판 2쇄 발행 2023년 12월 15일

지은이 이상곤
펴낸이 류태연

펴낸곳 렛츠북
주소 서울시 마포구 양화로11길 42, 3층(서교동)
등록 2015년 05월 15일 제2018-000065호
전화 070-4786-4823 | **팩스** 070-7610-2823
홈페이지 http://www.letsbook21.co.kr | **이메일** letsbook2@naver.com
블로그 https://blog.naver.com/letsbook2 | **인스타그램** @letsbook2

ISBN 979-11-6054-628-6 (03810)